JN209680

魔女はパン屋になりました。

カディス&レイリア
グランシオの配下。
最初はアーヤのことを
敵視していたが――？
グランシオ
元は裏社会の人間で、
今はパン屋の従業員。
魔女の力に支配されており、
そのせいかアーヤに対して
異常な執着を見せる。
アーヤ
“隷属の力”を持つ魔女。
前世は普通の日本人だった。
強すぎる魔女の力を持て余し、
ただのパン屋として
平和に生きたいと願っている。
登場人物
紹介

レイヴェン
フュレイン国の第二王子。
国のために必要とあらば
強引な手段に出ることも。
ディニアス
レイヴェンの護衛騎士。
寡黙で忠実な性格。
イザーク
第二騎士団の団長。
真面目で頼りになる反面、
少し無神経なところがある。
アルベルト
第二騎士団の団長補佐。
イザークのお目付け役。

目次

魔女はパン屋になりました。

一　押しかけ番犬なんて困ります

月の綺麗な夜。

男が朱に染まった剣を一振りして、刀身に付いた血を飛ばす。

私の目に映るのは、その薄紅色の刀身。

桜みたいな色が綺麗、と場にそぐわぬことをぼんやり考える。

すると、ゆっくり近づいてきた男が、歪んだ笑みのまま腕を振り上げ――


「…………っ…………！」


目を開ければ、自室の天井があった。

「ゆめ…………」

視線を窓に向けてもカーテンの隙間から差し込む光はなく、まだ陽が昇っていないようだった。

ベッドの上で身を起こし、何度か深呼吸を繰り返すと、速かった鼓動も落ち着いてきた。

たまに見るこの夢には、いつも暗鬱な気分にさせられる。

思わず溜息を吐いてしまった私は、ぱちんと両手で頬を叩いて気合を入れた。

ベッドから下りて着替え、鏡の前に座った。櫛で軽く梳いてから、前髪を編み込んでいく。それを落ちないようにピンとリボンで留めると、残った髪を後ろで束ねて紐で結わえる。くすんだ鏡に映った自分の顔が不格好な笑みを浮かべた。

裏口から外へ出ると、遠くの空がうっすらと明るくなるところだった。

夜から朝へと変わってゆく時間。まるでこの世界に自分しかいないかのようで、私のお気に入りの時間だ。

「よいしょ、と」

井戸から運んできた水を大甕に移し終えると、腕まくりしてパン生地をこねる。

硬くて腹持ちのいい伝統的なパンを焼いた後は、同じ数だけ自分レシピのパンを作るのだ。

真っ白な粉に、適温にしたミルク、そして卵とバターと砂糖と塩を混ぜて、丁寧に揉み込む。きれいに丸めて、濡れ布巾をかけて寝かせておく間に、それとは少し配合が異なる生地をこねる。

最初の生地が優しく膨らんだら、余分な空気を出すため押しつぶすようにして成形する。四角い型に入れて角パン。延ばして丸めてロールパン。

一番多いのは角パンと細長いパンだ。角パンは二斤ほど薄切りにして、ハムやチーズ、野菜を挟んだサンドイッチにする。細長いパンは真ん中に切れ込みを入れてソーセージなどの具を挟む。

出来上がったパンを店先に並べていると、もう開店の時間になった。

私が住むフュレインは、大陸の南側にある国で、美と芸術をこよなく愛するお国柄。夏は少々暑く感じることもあるが、冬の凍えるような寒さがないのはありがたい。

そんなフュレインの王都、その片隅の平民街にあるのが『ベイラーパン屋』。一人で切り盛りしている小さな店だけど、私にとっては大切なお店。

カラン、と来客を知らせるベルが鳴って、今日もパン屋の一日が始まるのだ。


――――夢見が悪かったのは何かの暗示だったのか。

忙しい時間帯が過ぎた頃、苦手な人が来店した。

「こんにちは、アーヤさん。今日こそいいお返事を聞かせてもらいたいですね」

「わ、私、お店を売るつもりはありませんので…………」

勇気を振り絞ってそう告げてみたけれど、相手の眉間(みけん)に発生した皺(しわ)に、思わずヒッと声を漏らしてしまう。

目の前にいる男性はトルノーさんといって、商業組合長の親戚だ。うちの店を買い取りたいということで何度も来店している。

「お店の経営はあくまでアーヤさんにお任せします。いわゆる雇われ店主になるだけですよ。給与もきちんと支払いますし、この店にも破格のお値段をつけさせてもらいます。これまでと生活はそれほど変わりませんでしょう？　従業員を増やす予定ですから、アーヤさんも楽になると思いますよ」

にこにこしながら畳みかけるように喋(しゃべ)られるのは苦手だけど、頷(うなず)くことなんてできない。

「…………お、お店…………この、お店は、ベイラーさんが私に遺(のこ)してくれた大事なもの、なので、て、手放すつもりは…………………」

一時の大金とは別に、給料という定期収入も得られるというけれど、雇われ店主になったら、その後すぐに解雇されるかぜんふ可能性だってある。私はここに住んでいるから、解雇されたら住む場所も同時に失うわけだけど、その場合の保障とかないですよね？

――そんな風に、内心では色々渦巻いているけれど、小心者なせいで言葉にはならない。うぅ……私がこんなんだから、相手も諦めないんだろう。

トルノーさんの目当ては私が作るパンのレシピだと思う。ふんわり柔らかいパンは、この世界では珍しいものだから。

何度もお断りしているのに諦めてくれないトルノーさんに、苦手意識ばかりが募る。

誰かお客さんでも入ってきてくれないかな………そうすれば今日は解放される。トルノーさんは人の目を気にするようで、他の人が来るとすぐに帰っちゃうんだよね………

他力本願な期待を込めて扉をチラチラ見ていると、トルノーさんが溜息を吐いた。

「まったく、強かなものですね」

「………え？」

「好条件を引き出すための駆け引きですか。さすが、老夫婦に取り入った挙句、店まで手に入れた孤児は違いますね」

吐き捨てるようなセリフとともに、強く手首を掴まれた。

「私も暇じゃないんですよ。この辺で手を打って頷いてもらえませんか」

これまでの当たり障りのない笑みとはまったく違う、苛立ちを含んだ目で睨まれて、瞬時に身が竦んだ。

……………こ、怖い…………！

思わず震えてしまったそのとき、

――――カラン。

来客を知らせるベルの音に、トルノーさんの手が緩む。その隙にサッと自分の手を取り戻した。

安堵の気持ちとともに扉を見やれば、フードを被った旅人風の人物が店に入ってくるところだった。少し裾の汚れたマントを纏い、大きな荷物を背負っている。

それを見て小さく舌打ちしたトルノーさんは、「また来るから、よく考えておいてください」と言い残して出ていく。

……………とりあえず、助かった…………

強張っていた身体から力が抜けかけたけれど、そこでハッと思い出す。そうだ、お客さんがいるんだった！

「いらっしゃいませ。何をお求めですか？」

入り口に立ち尽くしているお客さんに、慌てて声をかけた。

店の棚に並ぶパンは、この世界では見慣れない形のものが多くて、初見のお客さんは戸惑うこともある。この人もそうなのだろうと思って声をかけたのに、相手は微動だにしない。

困って視線を彷徨わせたとき、旅人の腰に提げられた剣に目が留まった。

つるりとした黒色の鞘を這う、複雑な文様。鍔の部分に輝く、紅の石。

「…………あ…………？」

――――知っている――――

そうだ。私は、この剣を知っている。不思議な輝きを纏う刀身が、血に濡れるその姿を。紅の石が爛々と輝いていたことを。

目の前で振り上げられたそれが、とてつもなく怖くて、ゾッとするほど綺麗で、目に焼き付いたあの瞬間を、私は、知っている――――

「…………あ…………あ、ああ…………」

ガタガタと勝手に震える身体を抱きしめるようにして後ずさる。私の視界の端に存在する数字が、ものすごいスピードで減っていく。

崩れるように床に膝をつき、それでも剣から目が離せないでいる私の前で、フードが翻った。さらりと赤茶色の髪が揺れる。長い前髪の間からこちらを見据えるのは、鋭い琥珀色の瞳。

「……グ……ラン、シオ…………」

どこか遠くから聞こえたようなその声が、私の口から漏れ出たモノだと気づいたのは、男が目を大きく見開き、次いでその口が、にやぁっと歯を剥くように歪んだからだ。

――――それはまるで、獰猛な肉食獣のような。

「…………みぃーつけたぁ…………!!」

「みぎゃあああああああああああ!!」

涙目で叫ぶのと同時に、視界の端に映る数字が〝0〟を示し、私の意識は途切れた。


この世界には、時折不思議な力を持つ魔女が発生する。

それは、異世界からの転生者。私も、その一人だ――

ゆらゆらと、意識が揺れる。溢れる記憶の渦に翻弄される。

日本で日々仕事に追われていた私は、事故で死んだはずだった。それなのに、気づけば雪景色の中に一人佇んでいた。辺りに人はなく、何故か子供の姿になっていた。何より困惑したのは、自分がこの世界で魔女と呼ばれる存在になったと、自然に理解していたこと。

誰かに教えてもらったわけでもないのに、情報だけが自分の中にあるのはおかしな感じで、最初、これは夢だと思っていた。けれど、白い布の靴は雪を踏みしめる感触を伝えてくるし、頭から被るだけの簡素な白いワンピースは冷たい空気を遮ってくれなくて……時間が経つごとに、これが現実なのだと思い知らされた。

心細さを抱きながら歩き出し、日が暮れてからようやく辿り着いた集落。そこにいた人たちに助けを求めた私は、あっという間に人買いに売られてしまった。

薄暗い檻の中に押し込められ、食べろ、と乱暴に出されたのは薄いスープと硬いパン。空腹に耐えかねた私はそれを食べて――それからのことは、よく覚えていない。

時々怒鳴り声が聞こえたし、誰かが檻から連れ出されることも、新しく入ってくることもあった。だけど何も感じなかった。時折出される食事を口に運ぶ以外、心も頭も麻痺したかのように、ただぼんやりと檻(おり)の中に座っていた。

そんなある日、私たちは檻(おり)から出され、外で一列に並ばされた。

月の綺麗な夜だった。ぼんやりと月に見入っていると、視界の端で何かが光った。そして上がる血しぶき。音を立てて崩れ落ちる人。理由なんてわからないけれど、次々と殺されていく。だけど何も感じない。並んで立っていろと言われたから、そうするだけ。

やがて、私の番が来た。

身体中が血に濡れた男がゆっくりと近づいてくる。長い前髪から琥珀(こはく)色をした目が覗(のぞ)く。髪から滴(したた)る返り血が肩に落ち、黒い服に染み込んだ。

男が剣を一振りすると、血が飛び散った。薄紅色(うすべにいろ)の刀身は美しく、鍔(つば)に輝く紅色(べにいろ)の石は光の加減なのか、男が動くたびにまるで脈打つかのように色の深みを変えた。

なんて怖くて、なんて綺麗なんだろう――

目に映るままにそう思ったとき、男が長剣を振りかぶった。

ああ、私、死ぬんだ――……？

その瞬間、それまでぼんやりしていた頭が死の恐怖のためか、一瞬クリアになって――

死にたくないと、強く思った。

私は、無我夢中で魔女の力を揮(ふる)った。

次に覚えているのは、自分を殺そうとした男に抱えられ、揺られているところだ。

男は迫る追っ手を殺し、私を抱えて逃げ続けた。その逃避行(とうひこう)は、彼が私を他の大陸への船に乗せたところで幕を閉じる。私は、魔女の力で男を利用した挙句（あげく）、彼を置き去りにして船出したのだ。

そのあと、何がどうなったのか………ベイラー夫妻に見つけられたとき、私はフュレインの砂浜に倒れていたのだという。たぶん船から落ちてしまったのだろう。助かったのは奇跡だと思う。

身内だと名乗り出る者など当然おらず、そんな私を夫妻は引き取って育ててくれた。

当初、私は笑うことはおろか、話すこともできなかったそうだ。

何年も経つにつれ、徐々に意識もはっきりしてきて、自分が魔女であることも、別の世界で生きていたことも、この世界で最初に受けた仕打ちも、あの男のことも思い出した。

けれど、私はそのすべてを胸に仕舞い込んだ。怖いことも辛いことも、自分がしたことも、魔女と呼ばれる存在だということも………何もかも捨てて暮らすことを選んだのだ。

そうして、私は過去と決別して生きてきた。

今日このときまでは——

瞼（まぶた）を上げたら、自室の天井が目に入った。

視線だけを巡らせると、決別したはずの過去がそこにいる。

「目、覚めた？」

………夢じゃ、なかった。

今まで、ここに来る前のことはあまり考えないようにしていた。きっとそれは、自分がしたことを忘れてしまいたかったから。忘れて、ただのパン屋の娘でいたかった。

だけどそんなこと、許されるわけがなかったんだ。

「…………グラン、シオ…………」

掠れる声でその名を呼べば、琥珀色の目がすぅっと細くなった。

――――彼は、私の、犠牲者だ。

私を見下ろす彼の、長い前髪。その隙間から、琥珀色の鋭い瞳が私を見つめている。

形のいい唇が、ゆっくり弧を描き、三日月のような形になって――――

「ごめんねぇ。ここまで運ぶのに許可なく触っちゃった」

…………あれ？　こんな話し方だったっけ？

疑問に感じたけれど、当時の会話など思い出せない。うっすら残る記憶の中では、もっと殺伐とした印象なのだけれど…………？

じっと私を見つめるグランシオは、三十代くらいに見える。記憶の中の姿よりも、当然だけど成長していた。それもそうだ。あれから十年以上経っている。

精悍で男らしい顔立ちに、たくましい体つき。目つきは鋭くて少し怖いけれど、間違いなく立派な成人男性だ。その事実が私の罪悪感をちくちく刺す。

でも目を逸らすことなんてできなくて、琥珀色の瞳を見つめ返した。

「ふふ、薬は完全に抜けているみたいだね」

「…………くすり…………」

ここに来たばかりのとき、まるで人形のようだった私を診てくれたお医者さんは、人を無気力にさせて操る危険な薬を飲まされているとベイラーさんに告げたそうだ。たぶん、食事に混ぜられていたんだろう。今思えば、確かに食事をしてから記憶が曖昧になったような気がする。

『それがアーヤの成長を阻害しているのか！　なんて可哀想に！』とベイラーさんは嘆いたけれど、後にその話を聞かされた私は複雑な心境になった。

周りの子供に比べて明らかに背が低い私を、夫妻が心配してくれていたのはわかる。

だけど、元の世界でも童顔低身長だったので、たぶん薬は関係ないんだよね………

「あんな状態だったあんたが、まさか俺の名前を憶えてくれてるなんてねぇ。すっごく光栄」

ひく、と頬が引きつった。

………光栄に思っているようには、とても見えない。目がなんかギラギラしているし、むしろすっごく恨んでいそうに見える………

相手を刺激しないように、そうっと身体を起こしつつ、ベッドの上でできるだけ距離をとった。身動きするたびに追ってくる琥珀色の瞳に、必死で気づかないフリをする。

「あ、の………どうして、ここに…………？」

緊張のあまり出にくい声で、どうにか疑問を紡げば、彼は片眉を上げた。

「あんたが、俺のご主人様だからに決まっているでしょ？」

ぐっと息が詰まった。自分の顔が強張ったのがわかる。

「あんたの力は今も変わらず俺を縛ってる。そりゃあもう雁字搦めにね。それはあんたが一番よくわかっ――」

「…………？」

どこか愉快そうに喋っていた相手が、目を見開いて急に押し黙った。突然動きを止めたことを不思議に思い、何かを凝視するその視線を追うと、それは私の手首で――――あ、トルノーさんに掴まれた部分、ちょっと痣になっている…………？

思わず反対の手で痣に触れた。指で押すと少し痛いけれど、これくらいならパンを焼くことはできそう。

ホッと息を吐いて顔を上げると、目の前でグランシオがブルブル震えていた。

ん？　と瞬きしている間に、その形相が変わっていく。細められた琥珀の目は鋭さを増し、額に青筋が浮き出る。剥き出しになった歯の隙間から唸り声が聞こえてきた。

「…………あ・の・ク・ソ・ヤ・ロ・ウ…………！　いつでもヤれると思って見逃したが…………ふふっ……ふふふふふふふふ…………!!　イイぜぇ……希望通り、なぶり殺しにしてやんよぉ…………!!」

えええええええええ!?

クソヤロウってトルノーさんのこと!?　『ヤれる』って、間違いなく『殺れる』って意味ですよね!?　そうとしか聞こえませんでしたけど!?　あと、たぶん誰も希望なんかしてないよ!?

ゆらりと立ち上がった彼に咄嗟にしがみつくけれど、止めるどころか引きずられてベッドから落ちかけた。それに気づいたグランシオは丁寧に私を押し戻すと、扉に顔を向けて立ち去ろうとする。

行かせちゃダメだと焦っているのに、私の口はあうあうと開閉するばかり。このままじゃ、また私のせいでグランシオが誰かを――――――――――――！

「――――――『お待ち』」

私の声に、グランシオがピタリと動きを止めた。扉に向かおうとしていた身体がゆっくりと振り返り、琥珀色の目が私に向けられる。

私は寝台の上にすっくと立つと、右足を後ろに振り上げ――――――――ドン、とグランシオの腹を蹴る。まったくの無防備だったのか、彼は呆気なく床に尻もちをついた。

「『主人の心情を察することもできないなんて、下僕としての程度が知れるわね』」

すらすらと私の口から紡ぎ出される言葉は、普通なら到底許容できないセリフだろう。しかし――――――彼はぎこちないながらも、その場に膝をついた。

「…………申し訳、ございません。ご主人様っ…………」

その身体はブルブルと激しく震えている。ギリギリギシギシと聞こえてくる歯ぎしり。こんな小娘に屈してしまうことを嘆いているのか。申し訳なさが私の胸を占める。

それなのに、唇は弧を描き、目も細めてしまうのだ。

「『あら、謝るのはまぁまぁ上手じゃない。そうねぇ、犬としてなら合格かしら』」

駄犬ほど可愛いというものね？　とくすくす笑う自分に軽く絶望する。

視界の端にある数字が、がりっと一気に減った。

この世界で〝魔女〟と呼ばれる存在には、一人につき一つだけ不思議な力がある。

私の力は〝隷属の力〟。対象を自分の言いなりにすることができるのだ。

ただし、力を使うには必ず〝代償〟が必要となる。魔女が出てくる物語などを調べた限り、その代償は魔女によって様々で、魔女の宝物だったり、魔女そのものだったりした。御伽噺のような読み物も多かったので、本当かどうかはわからないのだけれど。

私が払う代償は、私自身の精神力。主に羞恥心を煽られ、それによって精神力がすり減ることで、魔女の力が発揮されるのだ――

……………………なんで!? 責任者出てきて!! お話し合いしましょう!!

……もしも神様がいるのだとしたら、絶対に意地悪だと私は確信している。

隷属の力を使う間、私の身体と口は、先ほどのように勝手に動く。私の羞恥心が刺激されるような方向で。グランシオに対して偉そうに〝命令〟したのはそのせいだ。

私の視界の端には、常に小さな数字が浮かんでいる。これが私の精神力を表していて、それが減っている間、数字はカウントダウンされていく。隷属の力を使っている最中にカウントがゼロになれば、私は死ぬ。

……ひどい。

ちなみに、魔女の力を使わずとも精神的に疲弊すれば、数字が減る仕様だ。力を使っていないときにゼロになったとしても死ぬことはない。ただし気絶する。

……………やっぱりひどい。なんなの、この仕様。

実は私、前世からかなりの恥ずかしがり屋で小心者なのだ。

何言ってんの？ と思われるかもしれないが、ちょっとからかわれただけで赤くなったり青くなったりと忙しい顔。手から脇から背中からと、至る所から噴き出す汗。もつれる足。どもる口。挙動不審ぶりが原因の失敗談は数限りない。だからこそ、できる限りひっそりと生きていたのだ。

仕事上ではなんとかなった。時間をかけて事前準備を完璧にすることで、ミスをして赤面してどもってコケるなどという事態は最小限に抑えられるようになった。『私は社会人。私は社会人。私は社会人』と言い聞かせ、自分を騙して乗り切った。

私は心に波風の立たない平穏な生活を愛する小市民だったのだ。それが、何故こんなことに…………！

この世界では、元の世界でいうところの魔女狩りなんてないみたい。魔女は、ただそういう存在なのだと人々に受け入れられる。魔女にとっては割と優しくて平和な世界といえるだろう。

だけど、私は自分が魔女であることを隠している。

だって、〝隷属〟だよ？　…………恥ずかしいいいいい!!

〝隷属の魔女〟とか、絶対に呼ばれたくないっ!!

私のちんまい見た目に似合わなすぎて、そういう意味でもバレたくない!!

前世でも争い事が苦手で、会社の女性陣の派閥にも加わらず、ひっそりと過ごしていたのだ。何よりも平穏を愛していた私に、何故こんな力が…………！

私の性癖とかそういうのは関係ないと断言できる。だって前世含めて年齢＝彼氏いない歴なのだ。二次元とかラノベとかちょっと薄い本とか嗜むことはあったけど、至ってノーマルなんですっ!!

誰かを従えたいとか、そんなの望むどころか考えたこともない!!

力を揮うのをフッと消すようにやめれば、視界の数字も減少を止めた。

隷属の力には、それほど長い効果はない。そのときの〝代償〟の大きさにも影響されるが、対象が魔女から離れれば効力は数日で失われる。力を揮い続ければ私自身の生死に係わるので、永続的に使うなんてことは不可能な力――――なのに。

目の前にいるグランシオは、魔女の力に支配され続けている。私と離れて正気を取り戻した後も、ずっと支配されていたのだ。

それを私は支配する側として常に感じ取っていた。そのことに戸惑い、怯え、いつか消えるはずだと自分に言い聞かせてきた。それなのに彼を支配する力は、その存在を主張し続けていた。

まるで、私がしたことを忘れるなと突きつけてくるかのように。

「命令じゃあ従わないわけにはいかない。命拾いしたよねー、あの虫けら」

立ち上がり、何事もなかったかのように笑うグランシオ。私だったら、とてもそんな風に振る舞うことなんてできない。これが大人の余裕なのか………などと現実逃避気味に考えていたら、グランシオがさらりと爆弾発言を投げかけてきた。

「今日から俺もここに住むね！」

「…………は？」

「だって、あぁーんな乱暴者がのさばっているって知って、放っておけるわけないでしょう？　それにぃ、駄犬はいいけど、能無しだと思われたままじゃあ俺の沽券に係わるしぃ？　だからぁ、ご主人様を守る番犬に、俺がなってあ・げ・るってこと！」

………ちょっと待って。明るく言われても困る。駄犬はいいんだ？　とかどうでもいいことも脳裏を掠め、混乱して涙が出てくるくらい困る。

「ばばば、番犬なんていらない、から………帰って……くだ、さい…………!!」

ゆるゆると頭を横に振りながら、気力を振り絞ってどうにかそれだけ言った。

グランシオは「うーん」と人差し指を口元に当て、思案するポーズをとった。

「でもそれじゃ、俺が安心できないデショ？」

自称番犬がこてりと首を傾け、その動きに合わせて長い前髪がさらりと揺れる。

「ずっとずっとずっとずっとずっとずっとずっとずっとずっとずっと

ずうううう――――っと、あんたの望みのままに離れてやってたんだよ？　この、俺が」

ひっ、と喉の奥から変な音が漏れた。

前髪から覗く琥珀色の目は、ちっとも笑っていない。口元だけが笑みの形をとっていて、「俺ってば、とんでもなく辛抱強くていい犬だよねぇ」と笑ってみせる。

自分を犬だと、そう宣言してしまえることを、なんとも思わないのだろうか。それもこれもすべて、魔女の力のせいなのに。

「頭にあるのは常にあんたのことだけ。あんたが泣いてないか。苦しんでないか。怖がってないか。寂しがってないか――何をしていても気になって仕方ない。心配で心配で心配で心配で心配で、気が狂いそうだったけど、あんたのためだけに耐えた。ご主人と引き離されることがどれほど辛いか、あんたにはわからないだろうけどね。それでも耐えた。――――そんな俺がどうして今更あんたを探したと思う？　三年も」

「………さんねん………？」

　どきりと心臓が跳ねた。それはベイラー夫妻が亡くなり、私が一人になった時間。

「魔女の力に支配されている俺には、あんたが強い感情を抱くと伝わるんだよ。三年前、あんたはひどく嘆き悲しんだ。俺が居ても立っても居られないくらい。何もかも捨てて、海を渡ってあんたを探すくらいに」

　す、捨てた………⁉

「ままま、まさか、か、家族、とか、お友達、とか………捨て………⁉」

「えー？　そんなのいたことないよぉ。捨ててきたのは仕事とか趣味とか、その他諸々（もろもろ）？　あ、でもちゃんとカタはつけてきたし、ついでに家とか持ち運べないもんも含めて、ぜぇーんぶ人に押し付け………譲（ゆず）ってきたし！　すっきり身ぎれいだから安心してね？」

　あっけらかんと告げられた内容に困惑し、どういう顔をすればいいのかわからずにいる間に、彼はそれまでの態度を一転させて視線を落とした。

「………ああ、でも、ようやく会えたご主人様は、俺のこといらないんだったね………寂しいけど、ご主人の希望が一番だから………俺、妥協（だきょう）する。俺が傍（そば）にいなくても、ご主人の安全が守られればそれで………うん、それが、いい、んだよね………」

　寂しげに微笑む姿に罪悪感がこみ上げて、視界の数字がぐんと減る。

　さっきから〝犬〟発言を聞いていたせいか、しょんぼりするその様子が捨てられた犬のようにも見え…………いや、それは気のせいだよね。グランシオは立派な成人男性なんだし！

少しは冷静になったつもりだけど、かなり動揺しているのかも…………

必死に気を落ち着かせようとしていると、グランシオがパッと顔を輝かせた。

「そうだ！　とりあえずご主人様に害を為(な)しそうな奴を一人ずつ闇討ちして、足の腱(けん)を切っていくのなんてどう？」

何が『どう？』!?　どういう経緯を辿(たど)って出したのその結論!?

あわあわと頬(ほお)をひくつかせながら言葉を探す間に、相手は指折り理由を挙げ始める。

「それならそうそう店まで来れないしぃ、いざというとき、ご主人の足でも逃げられるでしょ？　ほら、ご主人可愛いからさぁ、不埒(ふらち)な輩(やから)に狙われちゃうんじゃないかって心配なの。気遣いできる犬だからね、俺！」

『褒めて！』と言わんばかりだけど、気遣いの方向性に問題がっ…………!!

「そ、そんなこと、されたらっ、きゃ、客足途切れちゃう…………！」

ベイラーパン屋に行くと足を切られるぞ、とか噂(うわさ)になるよね？　なんの都市伝説を生み出そうとしているの!?

「客足……ふふっ。ご主人様ってば、うまいこと言うんだね」

……………違います。足繋がりでブラックなジョーク言いたかったんじゃないんです。

真っ青になってぶんぶん頭を横に振る私を見て、グランシオはクスクス笑った。

「ねぇご主人？　元がどんなに凶暴な犬でも、飼い主が手綱(たづな)を握って可愛がってくれるなら、なぁーんの危険もないんじゃないかなぁ？」

頬を引きつらせる私の顔を覗き込むようにして、グランシオが目を細めた。

「忠実な犬は、主の望み通りに動いて、主だけを見つめて、主だけに尻尾を振る。何者からも主を守り、決して裏切ることはない。この世の何より安全で頼りになるよ。――ご主人様さえ傍にいれば、ね？」

囁かれた内容に、全身に冷や汗をかきながら必死に頭を回転させた。

グランシオという男は、私にとっての暗黒歴史――であると同時に、どうしようもないほど罪悪感を刺激される存在でもある。

私は、彼の意思を無視して隷属の力で縛り上げた。自分が助かりたい一心で彼を支配し続けて、彼はその手を血に染めることになった。

間接的ではあっても、それは私自身が望んだこと。私が彼に人を殺させたのだ。それは消しようもない私の罪。たとえ、彼が元々人を害することを躊躇うような人ではなかったとしても。

胸に去来するのは悔恨に似た申し訳なさ。彼は出会ってから今この瞬間においても、魔女の力に翻弄され続けている。それはすべて、私のせい。

彼は私の、紛れもない被害者なのだ。

被害者の希望を拒絶できるほどの図太さなんて私は持ち合わせていない。でも、人間を犬として受け入れろと言われることには、ものすごく抵抗がある。

ごくりと喉を鳴らして、私はグランシオを見上げた。

「わ、わかり、ました…………」

グッと身体に力を入れて、乾いた唇を舐める。

「あなたを、うちで、その…………雇います」

語尾は小さくなってしまったが、ちゃんと聞こえたらしい。少し間をおいて、グランシオが笑顔のままカクンと首を傾けた。

「うーんと？　従業員とかそういうのじゃなくってぇ、俺はただあんたの犬になり下がりたいっていうかぁ――」

「パン屋に番犬は置けませんよねっ！　ほら、食べ物扱う場所ですしっ！」

犬云々は比喩で、相手は人間だって理解しているけど、とにかく犬とか下僕とか、そういうのから離れてほしい。じゃないと耐えられないっ…………！

私の内心など知らないグランシオは、顎に手を当てたまま天井を仰ぎ見て、何やら考え込む。

「…………俺以外の犬は過去現在未来のすべてにおいて、この店には置かないってことか…………それはそれでいい案だけど」

誰もそんな話はしてないけど、この際それは聞かなかったことにした。

固唾を呑んで見守っていれば、グランシオの目がこちらに向く。

「でも、やっぱり俺としては、さっきみたいに『駄犬』って呼――」

「犬ならば、お店には置けませんっ！」

悲鳴みたいに叫んだら、不穏な言葉を吐いていた口がぴたりと閉ざされた。

が、頑張れ、私…………！　ここはたぶん譲っちゃダメなところじゃないかと思うんだ。

震える自分を叱咤して、更に付け加える。

「い、今、このお店で迎えられるのは、お客様か、従業員だけですっ!!」

ババンと二択を突き付けてやれば、グランシオはあっさり従業員になることを選んだ。

どうにか普通の関係に持ち込めた。そのことに安堵してもいいはずなのに、どこか余裕な態度を崩さないグランシオが気になる。『仕方ないから、ひとまず譲ってやったんだぜ』と思っていそうな気がしてしまうのは、私の被害妄想…………なのかな。

男の人とお付き合いもしたことがないのに同居することになるなんて…………と一瞬思ったけれど、これは客足を切られないためなのだから仕方ないんだと自分に言い聞かせる。

グランシオは私が嫌がることはしない。その点は間違いない。

それもこれも魔女の力のせいだけど…………と考えるだけで数字が減る。…………ホントにもうヤダこの仕様…………

なし崩し的に従業員の雇用と同居が決まってしまったけれど、今まで人を雇ったことなどないので、賃金の相場がどれくらいなのかもわからない。

「後で、友だちのヤミンかサンジャに聞いてみよう…………」

とりあえず、安くても一応賃金は払うこと、問題を起こしたら解雇することなど、いくつかの約束事を決めて、グランシオが寝泊まりするための部屋を準備する。

「お金なんていらないのにー」

背後からそんな言葉が聞こえるけど、それじゃあ雇用したことにならない。「あんた専用の奴隷でいいよ」って爽やかに言わないで！　聞こえない。私は何も聞いてませんっ…………！

無視をするにも精神力が削られるということを初めて知った。疲れて遠い目をしていると、グランシオがうっとりした表情を浮かべた。

「ああ、ご主人の足元に這いつくばることを許されるなんて、今日という日を俺は決して忘れない」

…………這いつくばっていいなんて誰も言ってません…………

「俺の可愛いご主人様。どうぞこれからはグランって気軽に呼んでね」

にっこり満面の笑みを浮かべる彼に、弱々しく笑みを返すことしかできない。

こうしてその日、ベイラーパン屋は、番犬ではなく新たな従業員を迎えたのでした。


この世界には、前世の世界で言う酵母菌みたいな役割をする粉がある。普通のパン屋はそれに水と卵、バターを混ぜて焼くだけだ。でも、ベイラーパン屋は違う。

何を隠そう、私は前世で料理教室に通っていたことがある。嫁に行く予定などまったくと言っていいほどなかったけれど、職場の同僚たちの盛り上がり具合に引っ張られて通うことになった。いわゆる人間関係を円滑にするためのお付き合いというやつだ。

最初はしぶしぶ通っていたのに、レパートリーが増えて（自分以外食べる人いなかったけど）、後片付けも面倒くさがらなくなり（一人暮らしになってからそれが面倒でほとんど料理してなかった)、何より料理教室で女の子たちとキャッキャウフフする時間が、それはそれは楽しかった。仕事で疲れた心が女の子成分でかなり癒されていた。女の子って偉大。

その料理教室ではパン作りも行っていたため、何度か参加して作ったのだけれど、まさか転生後に役立つとは。前世は自宅では一切作らなかったのに、何が幸いするかわからない。

ベイラーさんにパンを焼きたいと言ったときは驚かれたものだけれど、彼らは色々と試す私の姿にも驚いていた。

試行錯誤の結果、材料の配分や、温度の微妙な変化で、味がかなり変わることを発見した。ついでにパン生地を寝かせるという、前世では常識だったひと手間を加えることで、成形しやすくなる上に、きめ細かくしっとりふんわりしたパンに仕上がった。この世界のパンが硬くてちょっぴり酸っぱいのは、発酵不足もあるんだと思う。

ベイラーパン屋でしか手に入らないパンは結構人気だ。そのせいで、トルノーさんに目をつけられてしまったのだけれど。

数日前に雇ったグランシオも、思いがけずよく働いてくれている。料理も掃除もあまりしたことがないそうだけれど、すぐに慣れて手際がよくなった。………たまにいるよね、なんでもそつなくこなす人。羨ましい………

そして今日は、忙しい時間帯を過ぎてから、近所に住む幼馴染たちが遊びに来た。名前はサンジャとヤミンだ。この前またトルノーさんが来たことを話すと、二人とも微妙な表情をした。

「しつこいわねぇ。なんでそんなにこのお店にこだわるのかしら」

「パンのレシピを知りたがっているのよ。美味しいし、珍しいもの。うまくやればアーヤなら貴族のパン職人にだってなれるかも」

そんなの無理だとぷるぷる頭を横に振れば、「それはわかってる」と二人揃って頷かれた。実は以前にもお金持ちの家で働かないかと誘われたり、レシピを買い取りたいと言われたりしたことがあるのだけれど、その場でお断りしたのだ。不慣れな場所で、知らない人たちに交じってパンを焼くなんて私には無理だと思うし、ベイラー夫妻と一緒に研究を重ねた、思い出の詰まったレシピをお金に換えたいとは思えない。

「アーヤしかいないときを狙って来るわよね。現場を押さえたら、とっちめてやるのに！」

年上のサンジャはおっとりしているように見えて、実はかなり気が強い。彼女にはもう旦那様がいるけれど、ヤミンはまだ独身だ。

そんなヤミンには想い人がいる。

噂をすればなんとやら。ドアについている鐘が鳴り、そこから入ってきたのは――

「お前ら、また集まっているのか」

「レリックこそまた来たの？　サボってばかりじゃない」

「俺はちゃんと見回りしてるんだよ」

レリックはヤミンと同じ十八歳。この国の成人年齢は十六だから、二人とも立派な大人である。

私は一応、二十歳ということになっている。拾われた当時、正確な年齢はわからなかったので、同年代の子供と見比べて年齢を仮定したらしい。そこから年を重ねても、私の成長は芳しくなく…………童顔と低身長のせいで、未だに子供と間違われることがある。

レリックも幼馴染の一人だ。前はこの辺に住んでいたけれど、父親の出世に伴い、もう少しいい家に引っ越した。成人と同時に兵士になったレリックは、たまに街を見回るのが仕事。でもうちの店の中まで入ってくるのはヤミンがいるときだけだったりする。

お互い憎からず思っている様子の二人がうまくいくといいなぁと思うのだけれど、ちょっと裕福な家の娘であるマイラがレリックを狙っているらしい。この辺では、結婚相手は親が決めるものなので、ただ見守ることしかできない。

ちなみに、私にはそんな話は影も形も見当たらない。一応、理由はいくつかある。

第一に、この国の美人の定義は、すらりと背の高い女性。低身長で童顔な私は純粋にモテないのだ。見た目でまず恋愛対象外らしい。

グランシオは時々『可愛いご主人様』とか言うけれど、あれは隷属の力のせいでフィルターがかかっているか、自称忠犬としての義務か何かだと思う。

第二に、結婚相手には親族がいることが望ましいとされる。親族同士の付き合いが新たな富を生む、という考えがこの国の根底にあるのだ。つまり、頼るべき親族もない私は結婚相手としては不適格ということになる。

ただでさえ美人の定義から外れている上に、相手にとって旨味もない。そんな私に結婚は無理だろう。でも、前世からの人見知りで男性とお付き合いしたこともない身としては、それでもいいかなと考えている。

「そういえば、人を雇ったって聞いたんだけど」

サンジャの言葉に、私はぎくりと身体を強張らせた。

「う、うん。そうなの。その、ベイラーさんの、遠縁の人で…………」

ベイラー夫妻の遠い親戚であるグランシオという男性が、昔世話になった夫妻が亡くなったと風の噂で聞き、ここまでやってきた。そこで夫妻の跡を継ぎ、一人でパン屋を営む小さな娘に出会う。ある人物から店を買い取りたいと強引に迫られ、困っていることを知った彼は、娘の身を案じて保護者役を引き受けることにしたのだった――という設定になっている。

「突然人を雇うって聞いて、うちの父も最初は驚いていたけど…………」

そうヤミンが口にしたとき、厨房からひょいとグランシオが顔を出した。

「初めまして。遠縁のグランシオといいます。どうぞよろしく」

突然割って入ってきた長身の男に、ヤミンもサンジャもレリックも目を丸くした。

グランシオの鋭い目は、笑えば意外なほど柔らかくなる。パン屋のエプロンを身に着けてにっこり微笑む姿は、爽やかと言っても過言ではない。〝下僕〟発言のときとのギャップが激しすぎて最初は混乱したくらいだ。

「グランシオさんっておいくつなの？　ご結婚は？」

「以前はどちらに？」

「はは、もう三十は過ぎていますね。お恥ずかしながら独り身で………気の向くままに色々な国をフラフラしていたのですが、たまたまフュレインの近くまで来たら、若いとき親切にしてくれた遠縁の夫妻が亡くなったと耳にしましてね…………」

グランシオが神妙な表情で、設定に沿った答えをうまく話していく。

……犬になりたいって駄々こねていた人と同一人物だとは思えない……

遠い目をしているうちに、質問攻めが一段落していた。「ごゆっくり」と言い置いて厨房へ戻っていくグランシオ。その背中を見送ったサンジャは、満足げに頷いた。

「父から聞いていた通り、なかなかしっかりした人みたいね。安心したわ」

「そうね。いい人そう！」

あの男を放っておくと店に来るお客さんの足が切られるかもしれないんです、なんて言えるわけがない。

「ところで、あの髪型って何か理由があるの？」

ヤミンがそう言ったのは、グランシオの髪が一房編み込まれているためだ。初めて会ったときはそうじゃなかった。うちに住むことになった翌朝からだ。

曰く、『ご主人様とお揃い♥』だそうで…………いえ、似合っているけどね!?

私の髪型は、ベイラー夫妻の奥さんが考えてくれたもの。パンを作るのに邪魔にならないように、でも年頃なんだから少しでも可愛らしくしましょうねと、いつも優しく櫛で梳いてから丁寧に編み込んでくれた。奥さんが亡くなってから、一人でちゃんと結えるようになるまで少し大変だったけれど、これも大切な思い出の一つ。

それを友人たちも知っているので、私はしどろもどろになりつつ「あれはベイラーさんたちを偲んで……」「子供の頃に結ってもらった思い出があるとか……」などと、適当な言い訳をした。

追及される前に話題を変えよう！

「そ、そういえば、ご近所に挨拶に行ったんだけど！

グランシオと一緒に暮らすにあたり、いつもお世話になっている近所の人々へ挨拶して回った。

グランシオの話術のおかげか、訝しがられることもなく、みんな『そりゃよかった』『アーヤちゃんだけじゃ心配だったんだ』と納得してくれたのだが。

「私、これでも一応、成人しているのに、すごく心配されてるんだなぁって思ったんだよね」

やっぱり頼りないかなぁと苦笑すれば、三人が顔を見合わせる。

「………お前、見た目ちんまいからなぁ。とっくに成人してるようには見えねえし」

正直すぎるレリックのせいで、視界の数字がちょっと減る。サンジャが頬に手を当てて苦笑した。

「そうなのよね。この辺の人はアーヤが成人してるってわかっているけど、知らない人からすれば保護者のいない子供が勝手にパンを売っているようにしか見えないもの」

親が亡くなったり親族がいなかったりする一人暮らしの女性は、〝保護者役〟になってくれるよう誰かに頼むのが普通なのだそうだ。独り身の女性で保護者役すらいないのは、運か素行か、とにかく何かが悪いという判断になるらしい。

「信用がないから家も借りられないし、仕事にも支障が出るだろ？　いざってときに金も貸してもらえないし…………」

レリックが不都合になりそうな例を指折り挙げていくのを聞いて、保護者役＝保証人なのだと思い至った。

テレビもネットもなく、情報の真偽を確かめる術がない世界。親や親族、保護者役というものが、信用に値する人間かどうかの一つの判断基準になっているということか。それならば、ちゃんと親族がいる人が結婚相手として望まれるのもわからないでもない。

「そういう人は、住んでいる地域の長とか、ある程度地位のある人物に後ろ盾になってもらうよう頼むのよ。問題を起こしたら放り出されるし、まとまったお金を払わないといけないとか、結婚などの自由まで奪われちゃうとか、色々あるみたいだけど」

ベイラー夫妻が亡くなった後、近所の人たちは私をどうするか話し合っていたらしい。

ところが私は、さっさとパン屋を開けて一人で生活し始めてしまったのだ。

周囲の大人たちは驚いた。あれ？　この子、保護者役いなくても全然困ってないよ、と。

……………すみませんね。こちらの常識知らなくて。

「だけど、やっぱり保護者役をしてくれる人がいるのといないとのじゃ、全然違うわよね」

よくわからない感覚だけれど、慣習ってやつなんだろうか。

昔からこうあるべきとされているから、そこから外れているのを見るとなんとなく居心地がよくない、あるいは端から見ていて眉を顰めてしまう、みたいな…………？

今になってこうして教えてくれるのは、私の保護者役が決まったことで安堵したからかもしれない。慣習というのは馬鹿にできないと思う。それなのに、友人たちも近所の人たちも、何も言わずにじっと見守ってくれていたのだ。

確かに、一人でパン屋をやらなきゃと必死になっていたときに、こうあるべきだと言われても、きっと受け入れる余裕なんてなかっただろう。

周囲の人たちの優しさに今更ながら気づいて、じんわりと胸が温かくなった。

グランシオが周囲に受け入れられたことでホッとしたのも束の間、新たな問題が起きた。

大きな通りに面した場所に、新しいパン屋ができたのだ。値段を聞いてびっくり。明らかに原価割れしている。

「………あ、あれ、もしかしてうちへの嫌がらせ………？」

「そう考えてもいいかもね。あんな大安売りする理由が他になさそうだし、ご主人が許してって泣きつくのを待っているんじゃない？」

グランシオの言葉を聞いて、すぐにトルノーさんの顔が頭に浮かんだ。だけど証拠も何もない。

材料の買い占めとかされたわけじゃないからパンは焼けるけど、お客さんが来なければ売れない。

うーんと唸(うな)って考えていると、グランシオが長剣を持って出ていこうとしていた。

「どこ行くの？」

「ちょっと仕留めに」

いったい何を仕留めるつもり!?　…………いえ、具体的に人物名とか聞きたいわけじゃないです。結構です。

どうしよう…………グランシオの下僕スイッチがいつ入るのか本当に予測がつかない。

――――下僕スイッチ（私命名）。

それは隷属の力で支配されている男が『ご主人様のために！』という考えで、具体的な命令がなくとも勝手に行動しようとする恐ろしいスイッチである。グランシオの場合、相手を排除しようとする傾向にある。この世から。

……………危険すぎるぅ!!

「し、新作でも作ってみようかなぁ。グランが手伝ってくれたら、その、嬉しいな！」

「もっちろん手伝いますとも！　この犬めにお任せくださいご主人様！」

元気のいい返事とともに、すぐさま必要な道具を台の上に並べ始めるグランシオ。上機嫌なその様子に、こっそり息を吐いた。

……………ああ、今日も数字が減ってくなぁ……………

「ご主人、用意できたよ」

にこにこしているグランシオにお礼を言うと、私も台の近くに立つ。材料や器具の前で深呼吸して気持ちを切り替えた。そう、今こそ新作パンを生み出すとき！

目標はカツサンド。

前世でいうところの豚は、角とか生えていてどう見ても地球の豚とは異なるけれど、〝豚〟として私の頭は認識するし、〝豚〟と口にすればきちんと周囲に伝わる。こういうの、異世界もののラノベとかだと翻訳機能っていうんだっけ。不思議だけど実に助かる。

買ってきた豚肉を適当な厚さで切り、筋切りして叩いて塩を振っておく。小麦粉と卵とパン粉をつけて熱した油に入れると、じゅわっといい音がした。

前々から作ってみたかったのだけれど、油自体が少し高価なので、これまで手を出さなかった。

でも目新しい物がないと、お客さんを呼ぶことはできない。ちょっと割高でも食べたいと思わせればいけるんじゃないかなと考えたんだけど、どうだろう。

揚がったトンカツを冷ましておく間に、切ったお芋を揚げてみる。ポテトフライって受け入れられるのかな。わからないけれど、せっかくだし私も食べたい。

トンカツが冷めたら野菜と一緒にパンの上に並べて特製のソースをかける。上にもう一枚パンをのせ、きれいな濡れ布巾を被せて馴染ませる。

ソースと肉汁がパンに染み込むと、しっとりしてずっと美味しくなるのだ。

振り向けばグランシオの目がカツサンドに釘付けになっていた。

「グラン、試食してくれる？」

「いいの？」

琥珀色の目を戸惑い気味に瞬かせるグランシオに、もちろんと頷く。

私だって、こっちの食べ物でどうしても受け付けないものとかあるし、自分では美味しいと思っても、こっちの人に受け入れられるかどうか判断がつかないのだ。

カツサンドを受け取ったグランシオは、大きな口を開け、はぐっと噛みついた。目を大きく見開くと、もぐもぐと咀嚼を繰り返し、次はさっきよりも大きく口を開けて食べた。

…………たった二口でカツサンドがなくなった…………

「えと…………男の人には小さかった…………？」

いつもお店に並べているものと同じ大きさに作ったんだけど、実は男の人には物足りない大きさだったとか？　不安を込めて見つめていると、ぺろりと唇を舐めたグランシオが目を細めて言った。

「すっごく美味しいし、食べ応えあるね、これ」

「ほ、ほんとう？」

嬉しくて頬が緩んだ。そんな私から視線を逸らしたグランシオが「だけど」と続ける。

「ちょっと目立つかな」

目立つ？

首を傾げる私に、グランシオは眉根を寄せた。

「あんたを欲しがる奴が出てくるってこと」

つまり引き抜き的な感じかな？

「他の店になんて行かないよ」

おかしな表情で黙るグランシオを他所に、頭の中で計算する。どれくらいの数なら提供できそうか。値段はいくらにするか。とりあえず、定番のサンドイッチと一緒に店頭に並べてみよう。

結論から言うと、カツサンドはお店には出さないことになった。店頭に並べていたらレリックがやってきて、そのお連れ様がカツサンドを気に入ってくれ、それが定期的な注文に繋がったのだ。

レリックと一緒に来店したのは、第二騎士団の団長補佐アルベルトさん。

ざっくり言うと、第一騎士団は高位貴族の子息ばかりで、王宮などの主要な場所に配属される。それに対し、第二騎士団は下位貴族で編成されていて、王都の街や砦（とりで）などを守っているのだ。レリックたち普通の兵士は平民出身だけれど、騎士団とは同じような立場で詰め所も隣接しているから、たまに一緒に見回りに出る程度には交流があるという。

正直、とても助かった。店頭で販売するのと違い、毎回決められた数を作ればいい。必ず売れるとわかっているから安心感もひとしおだ。

ヤミンにもレリックのおかげで助かったことを伝えた。『レリックもたまには役に立つのね』なんて口では言っていたけど、嬉しそうにそわそわしていた。

そして今日も第二騎士団から注文のあったサンドイッチを作る。

普通は二切れを一人分として販売しているのだけれど、肉体労働の騎士がそれで足りるわけがない。交渉の結果、第二騎士団には料金上乗せで特別製のサンドイッチを作ることになった。

騎士用のサンドイッチは一人四切れ。カツサンドは毎日だけれど、卵やハムなどを挟んだ定番のものも日替わりで作る。それとは別に、鶏肉を煮込んだものや、芋を油で揚げたものを付け合わせとして用意した。

特別料金なので庶民にはちょっと高いけど、貴族である騎士団の面々は特に問題ないらしい。普段は自宅の料理人が作った弁当を食べたり、貴族街にあるレストランに行ったりするんだとか。毎回それだと飽きてしまい、庶民派パン屋が作るサンドイッチに目新しさを求めたみたい。

お給料日には、兵士さんたちも買ってくれることがある。たまの贅沢（ぜいたく）にって。

平民が買えるような値段に設定した場合、かなりの数を売らないと元がとれないかもしれないと不安だったから、今回の件は本当に幸運だった。

カツサンドを馴染ませている間に、もう一種類のサンドイッチを作る。具はハムと卵だ。こちらはこの世界の定番メニュー。ベイラー夫妻がいたときから変わらぬ味である。

今日の付け合わせは鶏肉のオーブン焼きとフライドポテト。鶏肉は昨日から少し蜂蜜を塗っておいたものに、細かく叩いた木の実と香草をまぶして、こんがり焼いた。フライドポテトはこちらの世界のお芋を素揚げして塩を振っただけだけど、騎士団に人気で毎回入れるようにと頼まれている。安価だし、毎日他の付け合わせを考えるよりは、ずっと楽で助かる。

うーん。でも、飽きられる前に新作を考えるべきかなぁ。今度、魚をフライにしてみようかな。タルタルソースの作り方なんて知らないけど。

新作パンの構想を練りながら、大きなバスケットにサンドイッチを詰めていく。第二騎士団からの注文のおかげで、店にお客さんが来なくても困らない。売り上げは以前より少し落ちたけれど、節約すればなんとかなる。

グランシオ曰く、そのうち向こうの方が店を閉めるか、通常の値段に戻すだろうとのことだから、きっと大丈夫。そうなったら今度は別の嫌がらせが始まるかもしれないけど、そのときはそのとき考えよう。不安になってばかりじゃ、精神が持たない。…………割と切実に。

「それじゃあ行ってくるね」

騎士団にサンドイッチを届けるのはグランシオの役目だ。

鋭い目をした男より、地味でも女の子である私に配達してほしいという要望があったのだけれど、『可愛いご主人を、どうして野郎どもの巣窟に行かせなきゃいけないの？』と、グランシオに真顔で却下されたのだった。

＊＊＊＊

「ヤミン、これ、たくさんもらったからアーヤちゃんにも持っていってあげ」

うちの食堂の裏で仕込みをしていると、母がリンゴの入った籠を持ってきた。野菜を卸してくれる商人に愛嬌をふりまいたらオマケしてくれたんだよね。母から籠を受け取ると、「あんまり無駄話してくるんじゃないよ」と釘を刺された。わかってるって！

ベイラーパン屋に行ったら、お店はがらんとしていた。すぐに人でいっぱいになってしまう小さな店が、こんな時間に空いているなんて珍しい。それに、いつもなら朝の段階で売り切れているはずのパンが売れ残っていた。

「何かあったの？」

アーヤに聞いてみたら、近くに商売敵が店を開いたらしい、かなり安く売っているからお客さんを取られたみたいだと教えてくれた。なんて陰険なやり方！

初めてアーヤと会ったのは、私が父の食堂で野菜の皮むきを手伝うようになった頃だ。会ったというか、見かけたと言うのが正しい。

その日も食堂の裏で皮むきを手伝っていると、ちょっと離れたところをベイラーさんの奥さんが小さな子供の手を引いて歩いていた。

それは黒髪の女の子で、奥さんに手を引かれるから仕方なく足を前に出しているような感じだった。歩くたびに首がカクカクと揺れて、頭が落っこちちゃうんじゃないかと心配した記憶がある。

誰だろうと思って父に聞くと、ベイラーさんが引き取った子だと教えられた。お喋りするどころか、自分から動こうとすることもないという。

『可哀想に。ここに来る前、よほど恐ろしい目に遭ったんだろうな』

そのときは、ふぅん、と思っただけだった。

数日後、ベイラーさんの店にパンを買いに行くと、店の中にあの女の子がいた。以前はテーブルがあって、そこに花を生けた花瓶が置かれていたのだけれど、テーブルがなくなって、代わりに椅子が置かれていた。

その椅子にちょこんと座っている姿は、お人形さんみたいだった。

『この子ね、アーヤっていうの。仲良くしてあげてね。ヤミンちゃん』

ベイラーさんの奥さんにそう言われて一応頷いたけど、人形みたいな女の子相手にどう仲良くしたらいいのか、ちっともわからなかった。

そっと近づくと、不意に目が合った。綺麗な黒い瞳には、驚きも怯えも何もなかった。少し前まで一緒に遊んでいたサンジャは、家業の織物を手伝うようになってからあまり外で遊ばなくなったし、お金持ちの娘で自慢ばかりするマイラのことは好きじゃない。でもこの子なら、私と遊んでくれるだろうか。

　それから私は、時間があればアーヤのところへ通った。ぼんやりしていることが多いけれど、遊びに行くとき手を繋ぐと一緒に来てくれるようになった。

　時々サンジャが加わって、たまに男の子たちとも遊んだけれど、アーヤは男の子が苦手みたいで、そんなときはいつも私やサンジャの後ろでジッとしていた。

　あるとき、サンジャと三人で遊んでいると、大人の男に声をかけられた。行商でこの街に来たという男は、『いい物あげるから一緒に行こう』と誘ってきた。いい物ってなんだろうと興味を引かれたけど、サンジャがよく知らない人にはついていけないと断った。

　なのに『いいから来い』と腕を引っ張られ、痛みに声を漏らしたそのとき、アーヤが突然男の…………その、脚の間を蹴り上げた。

　アーヤが素早く動いた――――！　というか、攻撃した!?

　股間を押さえて蹲る男よりも、そちらの方が私たちには大事件だった。

　その頃のアーヤは、こちらから促せばのろのろと行動に移せたけれど、自分から動いたのは初めて見た。ベイラーさんにそのことを話すと、ちょっと考えてから『大事なお友達を守ろうとしたのかな？』と言ってくれたので、私たちは嬉しくなって笑った。

　そうやって何年もかけて一緒に過ごすうちに、ようやくアーヤが笑うようになった。会話も少しずつできるようになっていって、ちょっと見た目はちんまいけど、普通の女の子になってきたなぁ、というときに。

ベイラー夫妻が亡くなった。馬車の事故だった。

訃報を聞いたアーヤは悲鳴をあげて倒れた。目を覚ますと泣いて、泣き疲れて眠って、の繰り返し。このままじゃ、また心が壊れてしまうんじゃないかと心配でたまらなかった。

葬儀を準備する間も、なるべくアーヤの傍にいた。昼間は私やサンジャが傍にいて、夜は近所のおばさんたちが交代で付き添った。

ベイラー夫妻がどれだけアーヤを大事にしていたか、三人がどんな風に家族になっていったか、みんな知っていたから、慰めるための言葉なんてなかった。私は、アーヤがベイラーさんたちの後を追ってしまうんじゃないかと気が気じゃなかった。

お葬式が済んでもアーヤの目には光が戻らなかった。

『あの家で一人で暮らすなんてアーヤちゃんには酷じゃないかしら……』

『誰かが引き取った方が安心かもねぇ』

大人たちが色々と話し合っているうちに、ある日突然アーヤはお店を開けた。数は少なかったけれど、店先にはちゃんとパンが並んでいた。

周囲の驚きなんて全然気にも留めないで、泣きはらした目でなんでもないように笑って。

『大丈夫なの？』と月並みな言葉しか言えなかった私に、アーヤはにっこり笑ってみせた。その胸に手をおいて、笑ったの。

『大事なものはぜーんぶここにあるから、私は大丈夫だよ』

どこかの家に引き取られたら、どうしてもそこの家業を手伝うことになる。だからベイラーさんのパン屋を継ぐなら、一人で暮らしていくしかない。当時、アーヤがそこまで考えていたのかどうかはわからない。働いていないと悲しくて仕方なかったからかもしれない。

でも私は自分の友達が誇らしかった。外見は幼く見えるけど、アーヤは見た目よりもずっとしっかりしていて、頑固で、そして強いのだ。

アーヤから商売敵のことを聞いた後、急いで家に帰って父に伝えると、うちの食堂で使うパンをベイラーパン屋から仕入れようと言ってくれた。アーヤが一人でお店を始めたときにもそんな話が出たけど、店頭で売る分を作るだけで精いっぱいだからと実現しなかったのだ。

早く教えてあげたくて急いで引き返すと、グランシオさんが店先を掃き清めていた。

「こんにちは、ヤミンさん。そんなに急いでどうしました？」

グランシオさんはベイラーさんの遠い親戚で、今はアーヤの保護者役でもある。近所の大人たちの中で、グランシオさんがアーヤの婿候補にされているのは、アーヤには内緒だ。

保護者役といっても普通、年頃の男女が一つ屋根の下に住むことはない。アーヤは自分の結婚なんて視野に入れていないから、まったく気にしていないみたいだけど。

グランシオさんが一軒一軒、丁寧に挨拶して回った結果、近所の年配者たちはグランシオさんをアーヤの婿候補として認めるようになった。うちの父なんかも、『あれはなかなかしっかりした男だ』と褒めていたから、いったいどんなことを話したのか気になる。

アーヤをいつまでも一人にさせていることに、みんな落ち着かない気持ちでいたけれど、本人が頑固なせいもあって、ずっとそのままだった。そんなアーヤが保護者役として受け入れたばかりでなく、一緒に住むことに同意したグランシオさんは、かなり期待できると睨んでいる。

「あのっ、アーヤから新しいパン屋のこと聞いて！　困ってるなら、うちの食堂でパンを仕入れるよって父が…………」

グランシオさんはちょっと瞬きした後、困ったように笑って教えてくれた。

アーヤが新しいサンドイッチを作ったところ、騎士団が定期的に購入してくれることになったので、生活する分には困らないのだという。

「…………なんだ…………」

私が一人で焦って走り回っていただけで、あの子は自分でとっくに解決してしまったみたい。

ホッとしたのと、徒労に終わって気が抜けたのとで、思わずふふっと笑いが零れた。

「アーヤって、見かけは子供だし、普段は頼りないけど、こういうとき結局自分でなんとかしちゃうんですよね」

ちょっとは頼ってくれてもいいのになぁ、なんて思っていると、

「そうですね。もっと頼ってくれていいのにね」

私の気持ちとまったく同じことを言うその声に、とっても実感がこもっている気がして、私はまじまじとグランシオさんを見つめてしまう。

赤茶色の髪の毛に、ちょっと鋭いけれど綺麗な琥珀色の目。顔立ちはすっごく整っているってわ

けじゃないけど、どちらかというと格好いい方だと思う。

背が高くてがっしりしている身体は丈夫そうで、病気とは無縁に見える。――合格。

アーヤと一緒に働く姿を見ても、文句一つ言わずになんでもやってる。――合格。

休日はアーヤの買い出しに付き添って荷物持ちとかしてるし、裏庭で薪割りとかしている姿も見かける。――合格。

野菜を洗ったり切ったりするアーヤと穏やかに話をしている様子は、傍から見ていて微笑ましい。――合格。

それに何より、グランシオさんはアーヤを大事に想ってくれている。総合的に考えて、文句なしの合格だ。

まぁ、ちょっと年齢は離れているし、見た目も大人と子供って感じだけれども。お揃いで三つ編みしているのも、アーヤの方はベイラーさんの奥さんを偲んでいるだけって私は知ってるけれども。なかなかお似合いのカップルだ。

グランシオさんがお婿になるなら、アーヤがどっかの家に嫁入りして遠くへ行くこともないだろうし……なんて打算も働く。

アーヤは結構鈍いから、グランシオさんには頑張ってほしい。

とりあえず心の中で応援して、私は父に事の次第を伝えに行くことにした。

二　自称番犬はやっぱり駄犬な気がします

近所に激安パン屋ができても、なんとか生計を立てていけることにホッとした。

騎士さんや兵士さんが見回りがてら立ち寄ってくれるようになって、警備的な観点からも心強い。

だけどそう言ったら、『俺がいるのに…………』とグランシオが拗ねた。

…………拗ねるだけにして！　見回りの人に因縁つけようとしないでぇぇぇっ！

あらゆる面で着実に数字を減らしにかかってくるグランシオに、それでもどうにか慣れてきたような気がしないでもない、そんなある日のこと。

「ご主人」

「うーん…………」

「ああ、寝姿も可愛い…………ずっと見ていたい…………でもそろそろ起こさなきゃ…………ねえ、起きて、ご主人様」

「うん…………？」

ぱちりと目を開ければ、目の前には琥珀色の瞳。

「ぐらん…………？」

ここは私の寝室で、おまけにまだ辺りは暗い。

ぼんやりしながらも戸惑う私の目を見つめながら、グランシオの口角が嬉しそうに上がった。

「侵入者を捕まえたんだよ！」

褒めて褒めて、と言わんばかりの上機嫌なセリフに、眠気がどこかへ吹っ飛んだ。

グランシオに案内されて一階に下りると、縛り上げられた男が二人、床に転がっていた。

「こいつら、ご主人の店に火をつけようとしていたんだよぉ。ひどいよねぇ。生きてる価値ないよねぇ」

「ひ、火ぃ⁉」

とんでもない話である。慄（おのの）いている間に、グランシオが一人の男の肩をぐっと踏みつけた。

「おい――――誰に頼まれた？」

唇を引き結ぶ男たち。グランシオは笑みを深めた顔を私に向ける。

「安心して。ちゃぁあんと色々聞き出してから、きれーいに後始末するからね？」

ちっとも安心できませんけど⁉

もちろん放火未遂は許せないけど、命を奪うほどのことではない。

「兵士の詰め所に突き出します」

キッパリ言えば、グランシオが絶句した。

「なっ…………！」

……………私、常識的なことしか言ってないよね？　犯罪者をしかるべき場所に突き出すって言っただけだよね？

「これくらい、俺が始末つけてあげるよ！」

「いえ、結構です」

そこはかとなく危ない気がするから。

「ご主人…………」

グランシオの顔が一気に歪む。

…………あれ？　もしかして、下僕スイッチ押しちゃった？

目を剥く私の前で、自称番犬はすらりと長剣を抜いた。

「ふふふっ…………兵士なんぞに、手柄を横取りさせるわけにはいかないよねえ。お前ら覚悟はいい？　いいよね？　身体の端からちょっとずつ切り刻んでやるよ。雇い主の情報を早く吐いた方は、褒美として一思いに殺してやるぞ？　優しいだろ？」

「いやぁあああ！　お願いだからやめてぇえええ!!」

我が家で流血沙汰なんて御免こうむりますぅうう！

必死に縋りつけば、グランシオは舌打ちしつつも剣を鞘にしまう。

ごっそり削られて回復しない私の精神力を他所に、白々と夜が明けた…………

兵士の詰め所は、フュレインの王城の城門近くにある。何があってもいいように常時十名ほどが詰めているらしい。正直に言うと、体格がよくて声も大きい男の人だらけなので、ちょっと入りにくい。だけどグランシオだけに任せるのは不安しかない。

グランシオが縛られた男二人を引っ張ってきたのを見て、詰め所の兵士さんたちは目を丸くした。

でも男たちを捕まえた経緯を私がつっかえつっかえ説明すると、一気に同情された。

「そうか……それにしても無事でよかったなぁ」

「間一髪で、その、うちの従業員が気づいてくれて、事なきを得たので…………」

取調室で事情聴取されている私の横では、グランシオがにこにこしている。褒められて嬉しいとその顔に書いてあった。

「ベイラーのサンドイッチがないと、第二騎士団の人たちがガッカリするだろうから」

「そうそう。俺たちもたまにご相伴にあずかるんだよ。美味いよなぁ」

兵士さんたちの言葉に、強張っていた身体からちょっと力が抜けたとき、部屋の扉が勢いよく開け放たれた。

「パン屋は無事かっ!!」

突然響き渡った大声に、部屋中の人がびっくりしていた。銀灰色の髪と碧色の目をした大柄な男性がずんずんと部屋に入ってきて、キョロキョロ周りを見回す。

「おい、パン屋の店長が来ていると聞いたが？　どこへ行った？」

………私なら、すぐ目の前にいるのだけれど？

「イザーク団長、どうしてここに………？　それに、ベイラーの店長なら目の前にいるじゃないですか」

戸惑い気味な兵士さんに言われて、ようやく彼は私に視線を落とした。その顔に困惑が広がる。

「あそこの店長は行き遅れの女だと聞いているぞ？　この子はまだ成人してないだろう！」

周囲の男性からの視線を感じて、カッと頬に熱が集まるのがわかった。

確かに、私は行き遅れと呼ばれる年齢だ。それなのに背が低くて幼い顔立ちをしているから、年下に見られるのにも慣れている。慣れてはいるけど傷ついた。視界の隅で数字が減ったから、紛れもなく傷ついた。

「イザーク団長！　失礼ですよ！」

「いや、しかし…………」

「すまんね、店長さん…………」

兵士さんが謝ってくれたけれど、私は目を合わせることもできずに「お店に戻らなきゃ」とかなんとかゴニョゴニョ言って詰め所から飛び出した。

でも恥ずかしさと情けなさに苛まれたのは、ほんの少しの間だけ。グランシオが「ちょっと戻ってやっつけてくるからね！　安心して！」と貼り付けたような笑顔で戻ろうとするので、それを宥めるのに必死だったからだ。

銀灰色の髪をした男性は第二騎士団の団長さんで、イザーク・ハウゼントというご立派な名前を持つお貴族様だと知ったのは、その翌日のこと。件の団長が自ら店を訪れたからだった。

「昨日は失礼なことを言ってすまなかった」

きりりとした真面目そうな団長さんが真摯に謝罪してきた。

「…………いえ、もうお気になさらないで…………」

緊張のあまり声が小さくなっていき、最後の方は口の中で消えてしまった。そわそわとして落ち着かない。小さなパン屋の店内に、騎士服を纏った団長さんと、団長補佐のアルベルトさんがいる。大柄な男性が二人もいると、店がとても狭く感じられた。外から、「騎士が来たよ！」「ここに入っていった！」と騒ぐ子供の声が聞こえてくる。間違いなく近所で噂になり、後でヤミンたちから質問攻めに遭うことだろう。

「いつも美味しいパンを作ってくれているアーヤさんに失礼なことをしたと聞いて、驚きましたよ。私の方からも、きっちりお灸をすえておきましたからね」

アルベルトさんにジロリと睨まれた団長さんが、大きな肩を竦めて「だから反省しているだろう…………」と呟いたので、つい噴き出してしまった。それと一緒に、緊張も吹き飛んでしまった気がする。

「団長様と補佐様は、謝罪するためだけにいらしたのですか？」

保護者役仕様のグランシオが丁寧な口調で尋ねたら、ゴホンと団長さんが咳払いした。

「いや、それだけでなく…………トルノーという男と揉めているとの報告は受けたが、他に恨まれるような心当たりはないのか確認したくてな」

トルノーさんから嫌がらせを受けている、という話は兵士さんにも説明したけれど、店の権利やレシピを得たいだけなら火をつけたりしないのでは？　と首を傾げられた。

そうだよね、トルノーさんはレシピが目当てなんだろうし…………放火なんて、そこまでやるかな。かといって、他に心当たりはないかと聞かれてすぐ出てくるものでもない。

うーんと首を捻(ひね)っていると、横からグランシオが口を挟んだ。

「あいつらが使おうとしたのは、煙と煤(すす)が大量に出るガリンという木でした。ガリンは対象を建物から炙(あぶ)り出したいときによく使用されますから、店を燃やそうとか店長を殺そうとか、そういう意図があったわけではないかと…………」

にこにこしながら告げられた内容に、思わずグランシオを凝視(ぎょうし)する。

「…………それはまだここにあるのか」

「ええ、そのまま置いてありますよ」

「後で部下に取りに来させよう。…………そうなると、煙で炙(あぶ)り出したパン屋をどこかへ攫(さら)おうとしたとも考えられるか…………」

顎(あご)に手を当てて呟(つぶや)かれたセリフに、今更ながらぶるりと震える。

グランシオがいなかったら、どうなっていたんだろう…………

「意外とパン屋ではなく、そちらの男に用があったのかもしれないがな」

「これでも一応、きれいな身でこの国に来ましたから、心配には及びません」

丁寧に答えるグランシオを、目を細めて一瞥(いちべつ)すると、団長さんは私に顔を向けた。

「あー…………ところでパン屋」

どことなく歯切れの悪い口調でイザーク団長が切り出した。

「お前の作るサンドイッチは美味(うま)い。その…………もう少し多く注文しても構わないだろうか」

「数が足りていませんでしたか？」

首を傾げて団長さんを見上げると、彼は慌てて顔の前で手を振った。

「いや、第二騎士団の中で評判がよく、それを聞いて団員以外の者も食べたいと言い出してな…………」

美味(おい)しいと言われるのは嬉しいけれど、今でも相当な数を作っていて、正直ギリギリだ。これ以上増えると手が回らなくなる恐れがある。

「申し訳ありません…………、できれば今のままでお願いしたいです…………」

お断りすると、「そうか……」と目に見えて団長さんは項垂(うなだ)れた。けれどすぐにアルベルトさんに脇をつつかれ、ハッと表情を引き締める。

「…………とにかく、あれが食べられなくなるのは困る。くれぐれも自衛するように」

四六時中、兵士さんや騎士さんに守ってもらうことなんてできない。自衛するしかないんだから、私も気を引き締めよう。


放火未遂があってからというもの、グランシオはやたらと過保護になった。彼が配達に行くときには決して店から出ないようにと釘を刺し、私が買い出しに行くときは彼も必ずついてくる。二軒隣の八百屋(やおや)に行くときさえついてくるのだ。

一方の私はといえば、割と落ち着いていた。

それは、グランシオが傍(そば)にいてくれるから。魔女の力で支配して利用して、前の大陸に置き去りにしたというのに、こうしてまた利用している彼がいるからだ。

　彼は、人の命を奪うことを躊躇したりしない。当時私を殺そうとしたのは、誰かにそう命じられたからであり、それ以上のことは覚えていないと彼は言う。あの大陸ではあちこちで内乱が起きていて、人の売り買いもその処分もよくあることで、当時の自分にとってはただの仕事だったんじゃないかと、他人事のようにあっけらかんと言ったりもする。

　そんな彼を傍に置いていて平気なのは、私の中の魔女である部分が知っているからだ。

　魔女の力で縛り上げている限り、彼が裏切ることなどないのだと――

「ご主人、次は何をする？」

　グランシオの声で、ハッと物思いから覚める。見下ろす先にある自分の手は、卵を持ったまま止まっていた。

「え、と……、じゃあ裏から小麦粉持ってきて、ほしい、かな……？」

「はーい。行ってくるねー」

　明るく返事をして裏口から出ていくグランシオ。その背中を無言で見送った。

　思い悩んでいたって仕方がない。先のことを考える方がよっぽど大事だって、頭では理解していた。理解できていても、時折湧いて出る罪悪感に苛まれる。

　視界の端で減る数字に自分の弱さを再認識させられて、更に気持ちが沈む。

「……ほんと、嫌になるなぁ……」

　小さく呟いて、手の中の卵を割った。

不穏な状況下ではあるけれど、街では市が開かれている。年に数回しか開かれない市に行かないという選択肢はない。普段行き来のない小さな村で作られたバターやジャム、他国から輸入された塩など、このときにしか手に入らないものがたくさんある。

心配するグランシオに、そう熱く主張して、市に行くことをどうにか許してもらえた。さすがに人目がある場所で何かされたりはしないだろうという考えがあってのことだけれど、人で混み合う場所にわざわざ行くだなんて、守る立場のグランシオからすれば迷惑以外の何物でもないだろう。

それを申し訳なくも思っていた…………のだけれど。

「…………ご主人様に付き従い、荷物を持たせてもらう。はぁ…………、これこそ下僕として正しい姿だよねぇ…………」

後ろからついてくるグランシオの呟きが不穏だ。だが幸いにして小さな声だったので聞こえないふりをしておいた。

…………下僕の正しい姿というのがなんなのかとか、気にしたら負けだと思う…………

人ごみの中をグランシオと二人で歩く。珍しい品に浮足立ってあちこち見て回るうちに、だんだん日が暮れてきた。

「あ、あの、ごめんね？　その、買いすぎちゃって…………」

欲しい物がたくさんあって、気づけば結構な荷物になっていた。申し訳なくて自分で持つと言ったのだけれど、にっこりと却下される。

「俺は今、とぉーってても幸せなの。これらが今どうしてこの手の中にあるんだと思う？　それはね、俺があんたの下僕だからだよ？　この重さは何を表しているんだと思う？　それはね、俺があんたのモノだっていう、いわばア・カ・シなわけ。だって俺があんたの下僕じゃないと成り立たない状況だからね！　あぁもう最高っ…………………！」

「か、帰ろう！　今すぐ帰ろう！」

うっとりしながらチーズやらジャムやらが入った袋に頬ずりし始めたので、慌てて足を速める。

人通りが少ない場所まで来たとき、グランシオが急に足を止めた。

人目のあるところでは本当にやめてほしい…………！

「グラン………？」

「荷物、壊れたら困るでしょ。ここに置かせてね」

そう言いながら、グランシオはそっと荷物を地面に置く。

ハッとして前方を見れば、ガラの悪そうな男たちが近づいてくるところだった。私を彼らから庇うように、グランシオが前に出る。

「ちょっと下がってて。――――――――すぐ終わらせるからねぇ」

獰猛な笑みを浮かべたグランシオが男たちに躍りかかった。

「こんばんは…………」

声をかけつつ詰め所の中に入ると、第二騎士団の面々が夜食をとっていた。

「おや、アーヤさん………？　こんな時間にどうしたの？」

アルベルトさんが声をかけてくれる。知り合いがいたことにホッとした。

「すみません、あの、さっき男の人たちに囲まれて……」

「!?　怪我は!?」

驚いて立ち上がるアルベルトさんに、慌てて大丈夫だと返す。

「あの、相手は生きているんですけど、ちょっと、その………」

なんと説明しようか迷って言い淀んでいると、「パン屋は無事かっ！」とまたイザーク団長が乗り込んできた。しどろもどろな私の説明を聞くより実際に見た方が早いとの判断により、私たちはそのまま現場に向かう。

「………これは………」

そう呟いたイザーク団長たちの目の前に転がっているのは、十数名の男たち。腰の剣を抜くこともなく彼らに圧勝したグランシオが「動けないようにしただけー。大丈夫、これくらいじゃ死なないよぉー」と言う。半信半疑だったけれど、男たちは本当に動けなくなっているようだ。

地面に片膝をついて何やら確認していたイザーク団長が小さく呟く。

「………これで全員、意識が残っているのか………」

ぐっと険しい表情になった団長を見て、私は慌てて口を開いた。

「あ、あの、相手がこれだけたくさんいて………だから、その、グランも必死だったんだと思います………！」

「そちらに転がっているのが、前から店長の周りをうろついていたトルノーです」

グランシオの示す方向には、涙と鼻水と血で顔をぐしゃぐしゃにしたトルノーさんが転がっている。男たちを制圧した後、木陰に隠れていたトルノーさんを見つけたグランシオが、喜々として念入りにボコボコにしたのだ。トルノーさんの悲鳴に私が耐えられなくなって、最後は必死で止めたくらいに…………

「なるほど、面白い話が聞けそうだな」

立ち上がった団長さんは、男たちを連れていくよう部下に指示してから、私たちに向き直る。

「パン屋。こいつが必死だったと言ったな？」

こくこくと頷き、「そうだよね？」とグランシオに振れば、「店長を守るために、頑張っちゃいました！」と返ってくる。

「そうか。…………まぁ、大勢を相手に一人で戦ったことは間違いなさそうだが、詳しい話は詰め所で聞かせてもらおう」

イザーク団長の大きな手に、ぽんぽんと頭を叩かれた。これ、完全に子供扱いですよね。

そうして案内されたのは、団長の執務室。

前回は取調室に呼ばれたので不思議に思っていると、イザーク団長が口を開いた。

「災難だったな、パン屋。無事で何よりだ」

大きな執務机に座って肘をつき、両手の指を組むイザーク団長。

「先ほどの奴らの件は任せておけ。――――それと、これは忠告だが、この男を雇うのはやめておいた方がいい」

「え？」

厳しい表情のイザーク団長が顎でグランシオを示した。

「あれほどの人数を、意識を残したまま無力化するのは難しいのだ。殺す方がよほど容易い」

四肢の関節を外されていただけでなく、顎まで外されていたと聞いて驚く。そういえば、最初はひどい罵倒とかが聞こえていたのに、途中から聞こえなくなっていたような……！

「何より、普段の動きから俺はこいつを少し腕が立つだけの男だと認識していた。せいぜいその辺のゴロツキには負けない程度だろうとな。だがそれは間違っていた。己の力量を周囲に低く見積もらせるのは、裏の人間が得意とするところだ」

困惑する私を他所に、イザーク団長が一層視線を鋭くしてグランシオを睨んだ。

「貴様、何者だ」

「ベイラーパン屋で働く、とっても店長思いの従業員ですよ、だんちょーさん」

丁寧さを捨て、片頬だけを上げて嗤うグランシオに、イザーク団長が不機嫌さを増したのがわかる。そんな二人を視界に収めながら、私はイザーク団長の言葉について考えた。考えてはみたんだけど…………ダメだ。わからない。

「…………あの、何が問題なんですか…………？」

素直に聞いてみたら、イザーク団長が変な顔で瞬きした。

「何がって…………そいつが裏の人間なら色々と問題だろう。まず何を企んでいるのかと疑うべきだ。パン屋に入り込んだのも、何か目的があってのことかもしれん」

「でも、それ………団長さんがグランの強さを見誤ってただけ、ですよね？」

イザーク団長が眉間にぐっと皺を寄せ、グランシオが笑いを堪えるように肩を震わせた。

あれ？　何か変なこと言ったかな？

ちょっと戸惑ったけれど、否定はされなかったので続ける。

「グランは強いから、騎士団の方に頼らなくっても大丈夫って、私はわかっていたんです。彼の強さを知っていたから、平気だったんです。………今日だって誰も殺していないし、あの、ちょっと怪我はさせてしまったかもしれないけど………グランは私を守っただけで………」

言葉にしているうちに、私がこんなんだから、彼は悪くないってことがちゃんと伝わってないんじゃないかと不安になった。正当防衛なんだって、もっとしっかりはっきり主張しなくちゃいけないのに。私のせいだ。

注目されているせいで全身から汗が噴き出す。視界の数字は減るし、気持ちが焦って、どもってしまう。けど、止められない。

「グランは、ま、毎日心配してくれて、どこへ行くにもついてきてくれて………さ、最近なんて、夜はずっと裏口の前で毛布にくるまって番をしてくれてたんです！　それも全部、自主的に！　そ、そんなの、普通してくれないっ………！」

グランシオが頑張ってくれていたことを訴えるうちに、なんだか悲しくなってきた。視界の数字がガリガリと削られていくけれど、冷静になんかなれない。

彼は何も悪くないのに。私みたいな魔女に捕まってしまったばかりに苦労しているのに。

………………しなくていい苦労を………………

そう思ったら、ぼろっと涙が出てきた。

「ま、待て！　泣くな！　俺が悪かった！」

「ご主人⁉」

焦ったような二人の声が聞こえたのを最後に、私は気を失ってしまった。


目覚めると、自分の部屋のベッドに寝ていた。

服はそのままだったので、着替えもせずにベッドから抜け出す。階下へ下りていくと、台所にいたグランシオがお茶を淹れてくれた。

「具合悪いトコはない？」

「だいじょうぶ………」

詰め所で気絶した私を、グランシオがベイラーパン屋まで運んでくれたという。

………元々減っていた精神力が回復しないまま詰め所に向かったので、興奮やらなんやらでガリガリ削られてしまった結果、底をついてしまったみたいだ。

「許可なく触れて悪かったけど、あんなむさくるしい野郎どもが使ってるベッドに、俺の可愛いご主人を寝かせるわけにはいかなかったからさぁ」

騎士団の仮眠室で休ませることを提案されたそうだが、断固拒否してパン屋に帰ってきたらしい。

男性だらけの場所で寝かされるのはちょっと嫌かも、と思ったので、素直にお礼を言った。

温かいお茶が入ったカップを両手で持ち、ふぅふぅと息を吹きかける。こくりと飲んで気持ちが落ち着いてくると、疑問が口から零れ落ちた。

「どうして団長さん、あんなこと言ったのかな…………？」

「擬態っていうかぁ、自分の強さを偽って見せるのは、俺にとっては普通のことなんだよねー。でも、そういうことするのは裏の人間に多いの。だから怪しまれるのは当然なわけ」

「じゃあ、団長さんがグランの強さを見誤っても、おかしくなかった…………のかな？」

「くく…………そう言われたときの、あの男の表情ときたら…………」

グランシオはしばらく楽しげな顔で笑っていたが、やがてそれを引っ込め、にこりと微笑む。

「まぁ、俺が怪しいのは間違いないから、あんたが気にすることじゃないよぉ」

にこにこしながらパン生地をこねる台を拭いていく。

そういうものかなぁ…………

「ご主人が急に泣くから、それどころじゃなくなったしね」

「っ!!」

人前で泣いたことを思い出し、一気に顔が熱くなる。

そ、そうだった。人前で喚き散らして泣いた上に、気絶してしまったんだった…………！

視界の隅の数字がちょっぴり減る。

こ、この仕様が…………！　魔女の力を使っていない状態でさえ、ゼロになったら気絶するという意味不明な仕様が憎い…………！

「こっちが悪さしたわけじゃないんだから、泣くほど言い訳しなくたってよかったのに」

一人懊悩していた私だけれど、その耳に届いた言葉にハッとする。

………確かに。悪いことなんてしてないのに取り乱すなんて、むしろ疑ってくださいと言っているようなものでは…………？

今度はザッと青褪めた。

「だ、だ、だって、頑張ってくれたのに、グランが、わ、私のせいで疑われて………！　もしかしたら捕まっちゃうかもって、思って…………」

うわぁあああ！　ど、どうしよう！　よかれと思ってしたことが逆効果だったなんて！　私って、本当になんでこんなにダメダメなの!?

涙目になって頭を抱えていると、グランシオに至近距離から見下ろされていた。

あれ、さっきまでもうちょっと遠くにいなかった？

「グラン？」

前髪に隠れていて表情はよくわからないし、無言で見下ろされると落ち着かない。

「………グランシオ？」

もう一度呼びかけると、彼はハッとしたように瞬きした後、にっこりと笑いかけてきた。

「テーブル、拭き終わったよ」

「あ、うん。ありがとう………？」

店先へ向かうグランシオ。店のエプロンを身に着けたその姿を、ぼんやりと目で追った。

私の黒歴史の犠牲者で、罪悪感を刺激する存在であるグランシオ。だけど、彼は今、ベイラーパン屋の従業員でもあるのだ。

「私……………騎士団に行って、謝ってくる」

迷惑をかけたことを謝って、それからグランシオは危険じゃないとしっかり説明して、ちゃんとわかってもらいたい。

「え？　ご主人⁉」

驚くグランシオの声を背に、私は店から駆け出した。

だって、従業員を守るのは、店長の役目だもの！


勢い込んでやってきた第二騎士団の詰め所。しかし、今日は見知った顔がいない。

…………私の人見知りが発動するぅ…………

出直そうか…………いやいや、それじゃダメだ。頑張れ私！

「…………あの…………すみません。イザーク団長にお会いしたいのですが…………」

おずおずと、一番暇そうな騎士さんに声をかけたのだけれど、上から下までじろじろ見られた。

その上で溜息を吐かれて、思わずびくっとしてしまう。

「あー、団長はちょっと忙しいので」

団長さんだもんね。これまではすぐ会えていたけど、そっちの方がおかしいのかも。

「そうですか。あの、いつ頃でしたら、お会いできますか……？」

「ちょっとわかりませんね」

よっぽど忙しいんだなぁ。

「では、アルベルトさんはいらっしゃいますか？」

「補佐官も忙しいので」

「そうですか……」

どうやらタイミングが悪かったみたいだ。仕方がない、出直そう。

「あの、それでは来たことだけでも伝えてくださいますか？　私――」

「あのねぇ」

目の前の騎士さんに言葉を遮られた。

「こちらも忙しいんですよ、お嬢さん」

「え、す、すみませ」

「団長と補佐官は口にしませんが、大変困っているんです。我々も仕事に追われて忙しいので、もう少し考えて行動していただきたい」

確かに、最近立て続けに彼らのお世話になっている。そのせいで他の業務に差し支えがあったのでは――そのことに思い至ると、カッと顔に熱が集まった。

は、恥ずかしいっ……！　これでも前世は社会人、今もパン屋の店長なのに、相手の都合も考えられないなんて……！

頬に熱を感じたまま、私は深々と頭を下げた。

「あの、本当に申し訳ありませんでした…………なるべくこちらには来ないようにします」

「そうしてください。大体あなた、団長や補佐官に会いに来るより、家の手伝いでもした方がいいのではないですか？」

あああ、また子供扱いされたぁあああ！

恥ずかしくて全身に汗をかいてきた！　わ、脇汗がっ…………！

「す、すみませんでした！」

勢いよく身を翻すと、ドン、と柔らかな壁に鼻をぶつけてしまう。

…………壁？

鼻を押さえながら顔を上げると、まず口が見えた。更に視線を上げると、よく見知った形のいい鼻と、目元を隠す赤茶色の前髪が。

「あれ、グラン？」

にこりとしたグランシオは、私の横を通り過ぎると、騎士さんの胸倉を掴んだ。軽々と持ち上げられ、地面から離れる騎士さんの足。その首は、きゅっと絞められ…………………

「――――――って、えええ!?　何してるの!?」

一連の動きが滑らかすぎて、ついつい目で追ってしまってた！

「何って、ご主人にフザケタ態度をとる騎士様を締め上げてるだけだよ？」

「いやいやいや、締め上げないでぇぇええ!!」

入ってる！　下僕スイッチ入ってるよ!!

そりゃ、ちょっと冷たい態度だなぁとは思ったけど！　怒るほどのもんじゃないし！　前世で遭遇したクレーマーより何倍もマシだし！　むしろ私が常識知らずなだけだし!!

　そんな私の訴えを、グランシオは微笑み一つで受け流す。

「だぁーいじょうぶ。鍛えられている騎士様なら、この程度じゃ死なないから。ねー？」

「顔色変わってますけど!?」

　必死に止めて、騎士さんが気を失う前にどうにか解放させることができた。崩れ落ちて咳き込む騎士さんを、他の騎士さんたちが助け起こす。

　すぐに言うこと聞かないとか、どこが忠犬!?　むしろ駄犬!!

「す、すみませんでしたぁ！」

　とにかくひたすら謝りながら、私はグランシオを引きずるようにして詰め所を後にした。

　グランシオは不服そうだった。思いっきり悪いことをしたのに、『おれ、何も悪いことしてないもん』とそっぽを向く様子は駄犬そのもの。

　これではいけない。

　意を決して、私はグランシオに向き合った。

「あ、あのね。あの人は忠告してくれたんだよ。『団長は忙しい人なんだから、もうちょっと気を使え』って」

　グランシオの思考が極端すぎて本当に困る。あの騎士さんの口調がちょっと刺々しかったとはいえ、それだけでいちいち突っかかられては客商売などやっていけない。

「貴族だし第二騎士団の団長さんなんだもの。そんな人を突然訪ねた私が悪かったんだよ。昨日は迷惑かけたから、そのことを謝りたかっただけなんだけど…………」

なんだか半目になっていたグランシオは、しばらくすると突然にこっとした。

「仕事熱心な騎士様たちには、あれくらい全然迷惑なんかじゃないと思うよぉ？　ただ、直接訪ねるのは迷惑みたいだから、これからはなるべく行かない方がいいんじゃない？」

「…………そうだよね」

「これからは、用事があったら俺が代わりに行ってあ・げ・る！　店長が謝罪してたってことも、ちゃーんと伝えておくね！」

グランシオを野放しにして大丈夫かなぁ…………でも、さっきは私のためを思って暴走したんだよね。もしかして、むしろ私が傍にいない方がまだマシ…………？

考えているうちに、ふと気づく。

「グラン、あの、トルノーさんたちから助けてくれて、ありがとう」

騎士団より何より、グランシオにお礼を言うべきだった。

私の言葉に、彼はちょっとだけ目を瞠った後、照れくさそうな笑みを浮かべた。

三　犬からの貢ぎ物は受け取り一択のようです

翌日から、グランシオは私を詰め所に行かせないようにしてくれた。襲撃事件の捜査協力から、パンの注文内容についてのちょっとした伝達まで、グランシオが一手に引き受けてくれている。配達に行った際は、詰め所で話し込んでいるみたいなので、親しい人でもできたのかもしれない。それっていい傾向だよね。

その第二騎士団があちこち駆けまわっているらしいと耳にして、しばらくしてから商業組合長が捕まった。横領やらなんやら、色々罪を犯していた証拠が出たのだとか。そう教えてくれたのは、捕り物に参加させてもらったというレリックだ。

「トルノーに命令していたのも、そいつだったんだよ！　これでアーヤも安泰だな！」

興奮気味に武勇伝を語るレリックを、ヤミンが目を輝かせて見つめていた。

いつの間にか激安パン屋も立ち退いていて、なんやかんやでベイラーパン屋に平穏が戻ってきた。以前のように、朝焼いたパンを店先に並べる。パンの香りでいっぱいの店内に、どのパンを買おうかと悩むお客さんの姿。いっぱいになった袋を持って、満足そうに帰る後ろ姿。それを見ているだけで、自然とにこにこしてしまう。

なんて素敵なパン屋ライフ…………！

お茶の時間になると、サンジャとヤミンが訪ねてきた。今日のお茶は乾燥させた果物が入った茶葉で淹れてみる。

「ちょっと酸味があるけど美味しいわね」

口元に笑みを湛えたサンジャが、ほうっと息を吐いた。

「どこの店のお茶？」

「この間の市で買ったの。西にある村の果物で作ったんだって。珍しいから買っちゃった」

友人二人とのお茶の時間が私は大好きだ。だから、珍しいお茶が売られているとついつい手が出てしまう。二人が喜ぶかなとか、変な味だったらどんな表情するかなとか、色々想像すると楽しい。

「あのさ、アーヤにちょっとお願いがあるんだけど………」

もじもじするヤミンの横で、サンジャがにやにやしている。

「今度、一緒に劇場に行ってくれないかな。あの、レリックから誘われたんだけど、二人だけじゃ周りになんて言われるかわからないし、サンジャと旦那さんは用事があるっていうし………」

フュレインは芸術を愛するお国柄なので、立派な劇場があって様々な催しが行われている。最近人気なのは、外国を舞台とした異国情緒溢れる歌劇だ。

歌劇のほとんどは日が暮れてからの開演なので、未婚の男女が二人きりで行くのは外聞が悪い。でもそれは私が付き添いとして行っても同じだ。若いカップル＋子供にしか見えないからね！

「もしかして、グランにも付き添いを頼みたいの？」

ヤミンがこくりと頷くのを見て、私は厨房を覗いた。そこではエプロンをしたグランシオがオーブンの掃除をしている。

「あの…………ヤミンの話、聞こえてた？」

「うん。俺はいつだってお付き合いするよー」

あっさりとオーケーされたので、とてとてと近くまで行って彼の顔を覗き込む。

「…………無理、してない？　イヤだったら断っていいんだからね？」

声を潜めて確認する。もしかしたら、本当は嫌なのに言えないだけなんじゃないかと不安になったから。しかし相手はきょとんと瞬きする。

「あんたのいる場所が俺の生きる場所なんだから、どこにでもついて行くに決まっているでしょ？」

…………あれ、なんかちょっぴりストーカーじみた発言だった気が…………いやいや、そんなわけないよね。気のせい。あるいは魔女の力のせい。

グランシオから了承を得たことを告げると、ヤミンは顔を真っ赤にしてお礼を言い、サンジャと一緒に帰っていった。

「レリックとヤミン、うまくいくといいなぁ」

夕食の後片付けをしながら、ぼそりと呟く。お皿を洗っていたグランシオが視線だけ向けてくる。話を聞いてくれるつもりらしいと、私はぼそぼそ続けた。

「二人がじれじれしているのを見るのも好きなんだけど…………どっちかが横から掻っ攫われたりしたら、やっぱり悲しいもん。二人とも、結構モテるんだよ」

レリックは兵士長の息子で自分も兵士だから収入は安定している。平民にとって兵士は一番身近な公務員だ。ヤミンは食堂の看板娘で、可愛いからお客さんに人気がある。どちらにも決まった相手がいないので、いつ縁談が持ち込まれるかとサンジャと二人でやきもきしていたのだ。

二人が勝手に交際を始めたとしても、親の都合でダメになってしまうことは十分ある。むしろ親によく思われなくて引き離されるかもしれない。

「二人の家は、業種が大分違うから………」

「まぁ、歌劇に誘ったってことは、それなりに準備が整っているってことじゃないの？　あとは本人たち次第だよ」

「そっか、うまくいくといいなぁ………」

もしも二人がうまくいったら、うちの店でちょっとしたお祝いをしようかな。

「ところでご主人、歌劇に行くための余所行きの服はあるの？」

「うん？」

「まさか、普段着で行くなんて言わないよね？」

「え、えっと………大丈夫だよ？　ちゃんと、その…………いちおう………」

笑顔で圧力をかけるグランシオに余所行きドレスを見せたところ、まさかのダメ出しを食らい、当日までに手直しをするはめになった。四苦八苦する私に代わり、グランシオがちくちくドレスを縫ってくれて………非常に居た堪れなかった。

劇場に行く日。

朝からサンジャとヤミンがやってきた。まずはお風呂場へ行き、以前サンジャが市で購入してきたという異国の石鹸を使ってヤミンを磨き上げる。香水なんて高すぎて手に入らないけど、この石鹸で洗うと花の香りがふんわり残るので、特別な気分になれそうだ。

ヤミンを磨き上げた後、何故か私まで磨かれた。「付き添いだからいらないよ！」という叫びはサンジャの笑顔に見え隠れする威圧感に屈した。ごっそり減った数字に脱力する間もなく、次はドレスを渡されて着替えを命じられる。

着替えを済ませて戻ると、サンジャとグランシオの役割が勝手に決められていた。

「私はヤミンの支度を手伝うから、グランシオさんはアーヤの方をお願いね」

「任せてください」

え、待って、と口に出す前に、無情にもサンジャは隣の部屋に行ってしまう。

「じゃあご主人、こっちに座ってー」

そう促され、ぎくしゃくと椅子に腰かければ、すぐ後ろにグランシオが立つ。

なんというか、居た堪れない。

触れられているわけじゃないのに、背中に他人の体温が感じられるっ…………！

「髪、俺にやらせてね？」

……すみません！　残念女子なものですから、ドレスに合うような髪型なんて自分じゃできないんです！　ご迷惑をおかけしますっ…………！

内心の叫びは一つも声にならなくて、ただただ頷く。

しっかりと水分を拭き取った髪に、丁寧に櫛を通された。男性に髪を梳いてもらうなどというイベントが前世も含めてあっただろうか。いや、ない。

髪を切るときだって絶対に女性の美容師さんのところに通っていたのだ。それでさえ会話するのが苦手で寝たふりをしていたくらいなのに…………！

精神力をゴリゴリ削られながらも、準備はどんどん進んでいった。

身に着けているのは、グランシオの手によって生まれ変わった濃い青色のドレス。

元々は襟が詰まっていて裾がストンとした、実にシンプルなドレスだった。ただでさえ幼く見られるので、レースがついたようなものは嫌だなと思って選んだのだけれど、少々地味すぎたらしい。まるで使用人のようだと指摘された。

それが、驚きの変貌を遂げていた。両袖は肩口から剣で斬り落とされ（驚愕）、襟やスカート部分の形も変えられ（どうやったのこれ）、ハイウエストになった腰の部分には光沢のある青いリボンが巻かれて、後ろで綺麗に結ばれている（どこから出てきたそのリボン）。もはや最初のドレスの面影はない。

これは断じて手直しなんかじゃない。その域を軽く超えている。

ドレスと同系色のショールまで用意してある辺り、本当に抜かりない。二の腕とか出したくない乙女心もわかっているとか、すごすぎて逆にちょっと引く。

正直、私に似合っているとはとても思えない。しかしせっかく手直ししてくれたのに、そんなことを言えるはずもなく。スカート部分の布や糸、ウエストのリボンなど、色々とお金がかかっているはずなのに、かかった金額は頑として教えてもらえなかった。

……いつか、何かの形で返そう。でも、私にできることなんて、新作パンの開発とかしか思いつかない。ウケ狙いで巨大パンでも作って贈ってみるとか………？

そんなことを考えているうちに、髪も出来上がっていく。いつもと少し分け目を変えられ、丁寧に編み込まれる。片側の頬にだけ一房の髪が垂らされた。後ろ髪は艶やかにまとめ上げられ、高い位置でくるりと丸められる。

「仕上げはコレね」

ものすごく嬉しそうなグランシオが、私の耳にさっとイヤリングを装着させた。速すぎて抵抗する間もなかった。

「俺からのプレゼント。この間、お給金いただいたしね」

「ええ!?　そ、そんなのもらうわけには………」

グランシオに散財させたくないし、もらう理由がない。しかし相手も譲らない。

「ご主人様に初めて捧げる貢ぎ物だよ？」

みみみ貢ぎ物!?　なんかものすごく悪女な気分になるんですけど!!

私の動揺などまるっと無視したグランシオは、うっとりした目で見つめてくる。

「はぁ……俺がご主人のもとで働いて、ご主人からいただいた給金で、ご主人のために貢ぎ物を用意する………イイよねぇ………幸せだよねぇ………全部ご主人に関わってる………」

………何がいいのかちっともわかりません。

「グラン、贈り物なんて…………」

「ご主人がつけてくれなかったら、いったい誰がつけるのかなぁ…………。俺？　それともいらないからって捨てちゃう？　そうだよねー、俺からの貢ぎ物なんて、ご主人にとっては不要なものなのかもねー。…………捨てる…………不要…………俺も、いずれ、不要に、なって、捨てられる、の、かなぁ…………？」

ひぃっ!?

琥珀の目からどんどん光が消えていくのを見て、慌てて「プレゼントありがとう嬉しいから大事にする」とかなんとか口走った。琥珀の目に光が戻ったので一安心。額の汗を拭う。

様子を見に来たサンジャが、イヤリングとグランシオの顔を見比べてニヤニヤしている。なんか誤解されてる気がしたけど、すぐに時間だからと追い立てられた。

＊　＊　＊　＊

ヤミンの支度を済ませ、アーヤの出来栄えを確認しに来てみたら、アーヤとグランシオさんが向き合って立っていた。

グランシオさんと並ぶと、アーヤの背の低さが際立つ。けれど、綺麗に装ったアーヤはいつもよりずっと大人っぽく見える。こうして二人が一緒にいる姿も、そんなにおかしくないかもしれない。

思わず叫びたくなるほどだった地味な衣装も、それなりに華やかに生まれ変わった。手直しする前は、ヤミンの付き添いの侍女か何かと勘違いされそうだったのが、今ならちゃんと結婚適齢期のお嬢さんに見える。年齢よりずっと幼く見える顔も少しだけ化粧をしたら気にならなくなった。

ドレスを仕上げるために、保護者役の彼が裁縫名人のティニアおばさんに教えを乞うことまでしていたのを、アーヤは知らない。

ティニアおばさんをして、『弟子にしてやってもいい』と言わしめたグランシオさん。元々仕立屋でもしていたのかと思ったら、本人曰く、これまで針など持ったこともないらしい。

近所のおじさんおばさんたちの間では、アーヤのためにそこまでするグランシオさんの好感度は急上昇だ。

それに、アーヤの耳につけられた耳飾り。この国で異性に装飾品を贈るのは、自分のモノだと主張する意味合いが強い。単に保護者役として贈ることも普通にあり得るけど、周囲はそう捉えないんじゃないかしら。

だけどよく見ていると、彼がアーヤに触れることはほとんどない。触れる必要があれば必ず先に許可をとっている。アーヤの方はかなり気を許しているというのに、その遠慮がちな態度はなんだ、と胸倉掴んで問いただしたかった。

そんな風に、アーヤに対して常に低姿勢だから忘れがちだけれど、グランシオさんは私よりもずっと年上だ。もしかすると、本当に保護者役を全うするつもりなのかもしれない。

だとしたらアーヤには別の相手を探せばいいだけだから、別に問題ないけれど。

アーヤを可愛がっている近所の年寄り連中に相談して、性格がよくて誠実だけれど家業を継げない四男とかを見繕ってもらおう。最初はアーヤを警戒させないよう、パン屋に弟子入りさせるような形で。男性が苦手なアーヤも仕事の場でならきちんと話をするはず。

でも、まぁ、しばらくは様子見かしら。

目の前で真っ赤になってあわあわしている可愛い友人と、その保護者役の男を観察しながら、私はにっこりと微笑んだ。

＊　＊　＊

劇場はものすごく混んでいた。

合流したレリックはヤミンに釘付けになったまま、私とグランシオに対してものすっごくおざなりな挨拶をしてきた。見向きもしないって、まさしくこういうこと。でも、その気持ちもわからないでもない。

綺麗なレモンイエローのふんわりしたドレスを身に着けたヤミンは、髪を片方の耳の後ろでまとめるように編み込んでいた。普段はちょっと勝気な感じが前面に出ているのに、今日は初々しくて可愛らしい感じだ。

いつもよりずっとおめかししたおかげか、恥じらいがあって口調も喧嘩腰ではない。照れ隠しに口喧嘩を始めるんじゃないかと心配していたけれど、それは杞憂だった。

グランシオはといえば、普段は下ろしている前髪をすっきりと後ろに流している。さすがに今日は三つ編みもない。三つ編みを見慣れたせいか、なんだか不思議な気分。

長身を包むのは、黒地に細やかな銀色の刺繍が入った服で、落ち着いていながらもどこか華やかだ。その服はどうしたのかと問えば、元々盛装は一着持ち歩いていたのだという。

グランシオのために一から仕立てられたのか、実は結構がっしりしているグランシオを無理なく優美に見せている。本人も場を意識しているのか、いつもよりも背筋が伸びて姿勢がよく、受け答えも表情も上品な紳士という感じだ。

こういうのが、前に言っていた〝擬態〟なのかな。普段パン屋のエプロンをつけている姿からは想像もできないけれど、周囲の視線を集めている。

………この人、私に隷属させられていなかったら間違いなく人生勝ち組だよね………

そう思った途端、数字が減った。今日もストレスの種は至る所に潜んでいる。

今夜の会場は、王都でも指折りの劇場で貴族も利用する場所だ。当然、相当な実力がなければ舞台に立つことは許されない。だからこそ期待も募る。

貴族と平民では入り口も座席も違う。平民はみんな一階に並んだ椅子に座って、お貴族様は上階の個室から舞台を観るのだ。前世で言うオペラハウスみたいな感じかな。行ったことないけど。

まずレリックとヤミンが座り、その隣に私とグランシオが座った。

劇場に来たのは初めてだけど、さすがお貴族様も来るというだけある。大きな建物の内部には豪華かつ細やかな装飾が施されていて、綺麗な布や花が飾られていた。上を見れば煌めくシャンデリアと、天井いっぱいに描かれた絵。色とりどりのドレスを纏った女性やタキシードを着た男性がひしめき合っていて、ちょっぴりくらくらした。

でも劇が始まると、たくさんの人の熱気も気にならなくなった。芸術を愛する国民性ゆえか、普段は活気に溢れた平民たちも皆静かに、真剣に見入っていた。

上演された歌劇は、雪深い国が舞台の恋物語だった。主役の恋人たちがすれ違い、お互いを思いやりながら別れる場面。雪があまり降らないフュレインの人はふわふわとした白い小道具が降ってくると、それだけで幻想的に感じるらしい。どこからともなく、いくつもの溜息が聞こえてきた。

やがて一人残された女が息絶えるという場面。倒れた女の上に降り積もる雪に、あちこちからすすり泣きが起きる。

いい劇だった。歌声は恋人たちの切ない想いを余すところなく届けてくれたし、真に迫った演技に夢中になって、本気で泣いてしまった。

しかし、私は物申したい。

――なんで初デートに悲恋ものを選んだんだ、レリック。

非常に気になったので、顔色のよくないレリックを人気のない廊下へと引っ張っていった。

「いったい、どういうつもりなの？」

「どういうって…………」

私の剣幕にレリックは困惑気味だ。普段、私はサンジャやヤミンの傍で聞き役が多い。レリックに対して強硬な態度をとったこともないため、彼は戸惑っているのだろう。でもヤミンのことを思えば、追及の手を緩める気にはならない。腰に手を当て、レリックを睨みつける。

「じゃあ質問。何故この演目を選んだの？」

「マイラが……………これが面白かったたって教えてくれたんだ」

ほほぅ。

自分の目が据わったのがわかった。レリックが一歩後ずさる。

「マイラに、ヤミンを歌劇に誘うって話しちゃったんだ？　それで言われたことをそのまま鵜呑みにしたんだ？　下調べの一つもしなかったんだ？」

「だ、だって、マイラは歌劇を色々観ているから詳しいって言われて………」

俺だって悲恋ものだとは知らなかったんだよ、と情けない表情で続けるレリックだが、まったくもって同情できない。マイラも幼馴染と言えなくもないけれど、周囲の男の子の一番の仲良しは自分じゃなきゃ嫌だというタイプだったので、昔から私たちとはあまり仲が良くなかった。

「マイラに薦められたって、ヤミンには言わない方がいいと思うけど。『俺にはマイラがいるからヤミンとは結婚できない。だからこの歌劇を選んだんだ。今まで思わせぶりな態度をとったかもしれないけれど、これでわかってくれるよな』的な意味合いだと思われるから」

真っ青になったレリックはぶんぶんと首を縦に振る。

きっとヤミンはレリックに誘われた日から、ずっとずっと楽しみにしていたはずだ。どんな服を着ようか、髪型はどうしようか。失敗したらどうしよう、幕が開くまで何を話そう。楽しみだけど、色々悩んで。だけどそれすら嬉しくて。

ところが、いざ蓋を開けてみたら演目は悲恋もの。始まるかもしれないと思っていた恋が、目の前でぶった切られた気持ちになっただろう。

これがレリックの気持ちなのだろうか。そうじゃないと信じたいけれど、もしかしたらそういう意味なのかもしれない——————などと思い悩むに決まっている。

揺れ動く乙女心は繊細で危うくて、そして恋する乙女は思い込みが激しい。

「レリック、マイラよりヤミンを選ぶなら、きちんと言葉にしなきゃ。ちゃんと捕まえないと、本当にこの歌劇みたいになっちゃうよ…………？」

ヤミンとレリック、どちらが大事かと問われれば、当然私にとってはヤミンの方が大事である。レリックが多少傷つこうが苦しもうが恥ずかしがろうが、ちっとも構わない。

目を瞑ったレリックは、一度下を向いてから、意を決したように顔を上げた。

「…………わかった。…………あのさ、しばらくヤミンと二人きりにしてもらってもいいかな」

重々しく頷いてみせた私に、レリックは苦笑いを浮かべる。

「お前、結構ズバズバ言うんだな。普段からそうしてろよ」

ちょっと腹が立っていたからです。普段からは無理です。

座席の方に戻ると、ヤミンが暗い表情で座っていた。渋る彼女を説得してレリックに託し、グランシオと一緒にその場を離れる。

人もまばらになった劇場内で、二人は何やら話をしていたが、やがてヤミンが嬉しそうに笑った。周囲までパッと華やぐような明るい笑顔だった。

どうやらうまくいったようだ。息を詰めて見守っていた私に、レリックが『このまま別行動をとろう』というような合図をしてきたので、頷いて手を振る。少し俯き加減で照れているヤミンが可愛い。今度会ったらどんなこと言われたのか、詳細をサンジャと一緒に聞き出そう。

去っていく二人の背中を見送って、私はホッと息を吐いた。

「よかったね、ご主人」

「うん」

劇場を出て、グランシオに手を引かれて歩いていると、不意に彼が囁いた。

「ご主人、抱えてもいい？」

「え？　いいけど…………？」

「つけられているみたいだから、撒いちゃおう」

え？　と聞く前に、グランシオに抱きかかえられた。姫抱っこでは断じてない。あれだ、小さい子を腕の上に座らせるような感じ。まるっきり子供扱いだが、肩に担ぎ上げられないだけマシだと思うべきなのか。

ふと、脳裏にかつての記憶がよぎった。

――そうだ、あのときもグランシオはこうして私を抱き上げて走っていた。

今日観たあの歌劇のように、真っ暗な空から雪がちらちら降ってくるのを、私は揺られながら見上げていた。綺麗だと、心に浮かんだ言葉が外に出ることはなく、感嘆に似た何かが白い息として吐き出された。空から降る雪は綺麗だ。どこも汚れていない。地上に積もった雪は、彼が剣を振るうたびに真っ赤に染まっていくから――

「わっ⁉」

一つめの角を曲がったグランシオが急に駆け出したので、悲鳴とともに我に返った。速い。人も建物もあっという間に過ぎ去っていく。

――――人一人抱えて、よくこんなに走れるね⁉

振り落とされないよう、必死にグランシオの頭にしがみついた。目が回りそうだったので、ギュッと両目を瞑(つぶ)る。

どれだけ時間が経ったのか――――大分遠回りして店まで帰ってきたようだ。

途中、全然休憩しなかったしスピードも緩(ゆる)めなかった。この世界の人がみんなこんな感じというわけじゃないから、グランシオが規格外なのか。

「グ、グラン…………？」

下ろしてもらおうと目を開けたら、片手で自分の顔を覆(おお)うグランシオの姿が飛び込んできた。妙に顔が赤いし、息も荒い。

…………これって…………もしかして酸欠⁉

やっぱり人一人抱えて走るなんて無理ですよね！　そうですよね！　出会った当時と今の私じゃ、全然違うしね！　主に体重が‼

地面に下りると、急いでグランシオを引っ張り家に入る。疲労のためかぼんやりしている彼の衣服を手早く緩(ゆる)め、汗をかいただろうから身体を拭いてやろうとした。

そこでハッとした彼がものすごく抵抗し始める。顔から赤みが引いてもいないのに、「寝れば平気だから！」と叫んで自室に閉じこもってしまった。

「…………本当に大丈夫かな…………」

グランシオの部屋の方角からガタンとかゴンとか色んな音が聞こえてきて、ますます不安になる。

気になったけれど、私が傍にいると休むことができないのかも、と思い直して、大人しく自分の部屋に戻った。

それにしても、『つけられている』って…………いったい誰が？　なんの目的で？

トルノーさんたちの件は解決したし、他に心当たりなんてない。

「…………もしかして、お目当てはグラン？」

そうだ、ありえないことではない。特に今日のグランシオは格好よかったから。劇場で彼を見て気になった女性が、どこの誰か知りたくてついてきたとか…………？

…………うーん。憶測にすぎないことを考えても意味がないよね。

なんとなくモヤモヤした気持ちのまま着替え、髪を解く。そしてグランシオからもらったイヤリングを外して、ちょっと瞬きした。

小さな琥珀色の石と紅玉が可愛らしく並ぶイヤリング。グランシオの目と髪の色だと気づく。

なるほど。これを身に着けることで、〝保護者〟がついたことが一目でわかるということか。

…………まさかと思うけど、迷子になったとき用の目印とかじゃないよね？

「でも、なんか恋人に贈るモノみたいだよね…………」

グランシオ、周りの人にロリコンだと思われたんじゃ…………

思わずくすくす笑ってしまう。

こうして、初めての歌劇鑑賞の夜は終わった。

翌日、ヤミンとレリックが晴れて婚約者同士となってお礼の挨拶に来てくれた。

ヤミンが幸せそうで、何よりです。

四　駄犬の元部下がやってきました

ストン、という音とともに薪が見事に割れる。

洗濯物を干しつつ、グランシオの薪割りを見つめてしまっていた。

私がやると力と根性と時間がいるのに。グランシオはまったく力を入れていないように見える。

そんなはずはないのだけど、そう見えるこの不思議。

「食祭には出店しないの？」

ストン、とまた一つ薪を割りながらグランシオが聞いてきた。

「うん。どちらかというと食べ歩きしたいかなぁって」

フュレイン王都で開催される年に一度のお祭り、食祭がすぐそこに迫っている。食祭という名の通り、たくさんの露店が並ぶけれど、メインイベントは高級料理店などが参加するコンテストだ。審査員の目に留まったら、王宮御用達に選ばれたり宮廷料理人になる道が開かれたりする。

だけどコンテストに参加できるのは貴族から推薦されるような店だけだし、露店を出すのは労力ばかりかかってあんまり旨味がない。それなら、この世界の食べ物をもっと色々知りたい。

初めて祭りに行ったときは、ベイラー夫妻に手を繋いでもらった。珍しい異国の料理などもあって目にも楽しかったのを覚えている。

二人が事故で亡くなってからは目まぐるしい日々で、そんな余裕もなかった。ヤミンやサンジャが一緒に行こうと誘ってくれたけれど、彼女たちには家族がいる。お祭り騒ぎの中、自分だけが一人だという事実を突きつけられる気がして断っていた。

今年は行ってみようかなと思えたのは、グランシオがいるからだと思う。

家に誰かがいる生活に、すっかり慣れてしまっていた。

でも忘れてはいけない。彼が私を大切にしてくれているのは、魔女の力で縛り上げられているせい。もし隷属の力の効果がなくなったら、それまでの自分の行動に嫌悪感を抱くんじゃないかな。ご主人様呼びとか、犬発言とか、その他諸々のおかしな言動なんて、思い出すのも嫌だよね。

私にとってグランシオが罪悪感と暗黒歴史そのものだとしたら、グランシオにとって私は、きっと屈辱の記憶そのもの。

もしも、いつか魔女の力から解放されるときが来るならば――――怖いけれど、ちゃんと謝りたい。許してもらえなくても、彼にとってはなんの意味もない謝罪だったとしても…………

「何考えているの？」

ハッと顔を上げれば、琥珀色の目とぶつかった。グランシオがこちらをじっと見つめている。

視線を落とし、なんと言えばいいのか頭をフル回転させる。下手なことを口にすれば、すぐに偽りだとバレそうな気がした。

えーとえーと、こういうときは…………本当のことを混ぜてごまかすのが一番だとか聞いたことがある。

「新しい従業員とか雇おうかなぁーって考えてて」

以前そんなことをチラッと考えていたおかげか、すらすら口から出てきた。

「へぇぇぇ…………」

あれ、なんだろう？　なんか悪寒が…………

「あ、でも、今すぐってわけじゃ…………」

「ちなみに、どんなヤツがいいの？　ご主人の好み、俺とーっても興味あるなぁ」

…………の、乗ってきた…………？

「え？　えーと、やっぱり元気がよくて笑顔が可愛い子がいいかな？　あとはちゃんと接客できて、お釣りとかの計算もできて…………あ、でも一番大事なのは、やっぱり相性かな」

何せ人見知りなところがあるし、基本気弱な私だ。前世でも、後から入社してきた人に下に見られて、仕事を押し付けられたことがある。同性でも気が合わないと、結構大変な目に遭うものだ。

そこでグランシオがパッと顔を輝かせた。

「やっぱり相性が一番だよねっ！」

「…………うん？」

ぼんやりしている間に手を取られ、さっと膝をついたグランシオに下から覗き込まれる。

「俺ほどご主人の役に立てるヤツはいないと思うよ？　ご主人との相性も悪くないと思うのは俺の気のせいじゃないよね？　ご主人、俺が傍にいても嫌じゃないもんね？」

「え？　まぁ…………」

一緒に暮らしていて、不快に感じたことは確かにない。だけどそれはグランシオが魔女の力に屈服しているのが大前提だからで…………

「自慢じゃないけど俺はなんだって人並み以上にできるよ。接客用の笑顔はあれ以上やるとわざとらしくなっちゃうけど、割と評判いいでしょ？　その他の条件にも当てはまるよね。だから、他のヤツを雇うなんて言わないで。俺、もっと役に立ってみせるから！」

…………なんでこんなことになったんだっけ？　あ、そうか。従業員を雇うとかそういう話の流れだった。

「えと、今すぐの話じゃなくって、グランがいなくなったらの話で――」

「――俺が、いなくなった、ら？」

目を大きく見開いたグランシオが、そのままフリーズした。

…………まずい、傷つけた。下僕化している人間の心情を推し量るのは難しいけれど、これはどう控えめに見ても傷ついている。

「あの、そうじゃなくって、えっと――」

どうにかしたくて一生懸命頭を回転させる。なんて言ったらいいのかな？

「そうだ！　グランシオが一番したいことって何？」

「…………ご主人様の世話」

とりあえず反応があったことは喜ばしいけど、返事の内容が残念すぎる。

「そ、そうじゃなくて、私以外のことで」

「…………もしそれがあったとしたら、あんたを放ってそっちに行けって言うんでしょ？」

若干機嫌が悪そうなグランシオが警戒するように目を細めた。

「…………本当になんなの、突然。〝命令〟でもされなきゃ、あんたから離れるつもりはないんだからね！」

「でも、グラン…………それは魔女の力のせいで、そう思っているだけだよ」

その瞬間、グランシオが苦しげに胸を押さえ、背中を丸める。

「くっ…………！　ご主人に忠誠心を疑われるなんて…………これほどの不幸がこの世に存在していいのか…………」

大げさ！　そしてわざとらしい！

「…………ハッ！　…………そうか、要は俺の献身がまだまだだということ…………もしや、すべては遠回しにそれを伝えるための、ご主人様なりの配慮…………？」

「え？」

なんかグランシオの頭が高速で回転して、斜め上の結論を導き出そうとしている…………!?

止める間もなく、何かを決意したかのような、まっすぐな目を向けられた。

「わかりました、ご主人様。あなたに不満を抱かせないように、今後はより一層下僕として仕えることを誓います」

「わかってない!?」

「だからどうか、他のヤツを雇い入れるなんて言うのはやめて…………！　ご主人、俺以外の犬は、未来永劫店に置かないって言ったじゃないか！　あれは嘘だったの!?」

「そ、そんな話、したっけ…………!?　グラン、ちょっと落ち着いて」

どうやら私の発言は、魔女への忠誠心を疑われたように感じるものだったらしい。今まで我慢して大人しく生活していたのに、私の不用意な発言のせいで精神的に不安定になったのか………ストレスたまっているのかな…………

宥めに宥めて、ようやく落ち着きを取り戻したグランシオ。それをぐったりした気持ちで眺めながら、これは私が悪かったかなぁと反省した。

これだけ長いこと縛り付けておいて、その忠誠心を疑うなんて矛盾しているし、ひどい。こちらを窺うように、琥珀の目が見つめてくる。

……………正直、私の負けは確定なんだけど、せめて、せめてこれだけは約束させたい。

「…………もしも、グランシオに魔女の世話以外で、やりたいことができたらさ、そのときは…………」

『私のことなんて気にしないで。あなたの人生を大切にしてほしい』

そう言いかけたのを呑み込んだ。

…………これだとちょっと上から目線な気が…………でも『下僕なんてやめて好きなところに行ってね』じゃ、納得されないどころか変に刺激しちゃいそう。

迷って目をうろうろ泳がせていると、グランシオがふっと笑った。

「約束する。本当にしたいことができたら、ちゃんとあんたに言うよ」

それは思いもよらないくらい優しい声だった。

ちゃんと約束してくれたことに安堵する。しかし、そこでグランシオが畳みかけてきた。

「でも、それ以外では絶対に離れない」

「…………は？」

グランシオの目が三日月みたいに細められる。

「あんたは、隷属させられた側に立つことは不可能だもんねぇ。引き離される側がどれだけ辛いかなんて、わからないよねぇ」

…………今のはもしかして、『そのときなんてまかり間違っても来ることねーんだぞ腹くくれよ暴れんぞコラ』とか、そういう意味だったりしますかね？

全身に冷や汗が流れ、数字がガンガン減っていく。

ここまで言わせる魔女の力って、やっぱり怖い…………！


今日は待ちに待った食祭！

美と芸術を愛する国という謳い文句のためか、旅芸人や吟遊詩人や劇団員が集い、あちらこちらで様々な催しも行われる。グランシオを伴ってやってきた私は、その活気に圧倒された。

そうして、人も物も溢れる祭りの中を練り歩いた結果――

「大丈夫？」

「…………だいじょうぶじゃない、かも…………」

人ごみに酔った。グランシオに木陰まで誘導してもらい、木の根元に腰を下ろしてぐったりしている。

毎日店でパンを作り、それを売るだけの生活をしている私は、久々の人ごみをナメていた。

何これ。人でできた川ですよ。ちょっとでも流れから外れようとすると人にぶつかり、かといって自分のペースで歩けるわけでもなく。

背が低い私の視界に入るのは人の身体ばかり。それらは止まることなく、それぞれが異なる動きを見せていて…………うぷ。思い出しただけで気持ち悪くなってきた…………

「水もらってくるから、ここで待っててね」

私の顔色が更に悪くなったのか、慌てた様子でグランシオが駆けていく。

あー…………ダメだ。変な汗までかいてきた。

ぐったりとしたまま木の幹に身体を預ける。こんな調子では食べ歩きなんて無理だなぁ。

「ベイラーさんたちと来たときは、もっと人の少ない時間だったっけ…………」

きっと、外出に慣れていなかった私を気遣ってくれたのだろう。ベイラーさんたちの優しさを思い出して、少しだけ気分が和(やわ)らいだ。

「あなた、大丈夫？」

その声に視線を上げると、銀色の髪の綺麗な女性が心配そうに私を見つめていた。ちょっとかがんでいるので、胸の谷間が見えます。

…………すっごい…………きっとふっかふかだよ。

「お水持っているの。よかったらどうぞ？」

水の入った袋を差し出された。女性の顔にはこちらを気遣う気持ちが表れている。

「ありがとうございます……」

私はお礼とともに水袋を受け取った。

水袋を受け取り、口を付け——たところまでは覚えている。

私は今、拘束されています。

うう……どうしてこんなことに……？　心細さに目が潤む。人攫いとかなら、もっと美人を狙うよね……？

水を飲んだ後の記憶がないので、あの水に何か薬でも入っていたのかもしれない。

ここはどこかの地下室のようで、たくさんの木箱が積んである。後ろ手に縛られているけれど、足は自由だ。

いざとなったら逃げられるかな……いや、自分の運動能力的に無理な気が……

こっそり落ち込んでいると、扉の向こうから人の気配がして、ガチャリと鍵が開いた。

「あ、起きているよ。起こす手間省けたねー」

軽い口調で言いながら入ってきたのは銀色の髪の女性。なんか印象が大分違うけれど、間違いなく私に水袋を渡してくれた女性だ。

その後ろから入ってきたのは黒髪の男性。彼はじろりと私を睨みつける。

「うっふふー。ごめんね、手荒なことして。ちょーっと聞きたいことがあったのぉ」

にこにこする女性の前に、男性が一歩進み出た。私は思わず座ったまま後ずさる。

「お前、どうやってグランシオ様に取り入った？」

「え？」

グ、グランシオ、様？

「まさか恋人？　なワケないわよねぇ？」

「黙れ、レイリア」

笑いを堪える女性とは反対に、男性は非常に不愉快そうだ。

「あ、の…………？　あなたたちは…………？」

私の疑問に、女性はうふふんと大きな胸を張った。

「あたしたちはグランシオ様の下僕なのよ！」

下僕？　下僕って、そんなに嬉しそうに宣言するような身分でしたっけ？　いや、同じような発言をする人間なら、うちにもいるけどさ…………

「あたしはレイリア。こっちはカディスよ」

「俺たちはグランシオ様に忠誠を誓った者だ。突然消えたあの方を追い、ようやく見つけたかと思えば、お前のような小娘に付き従っているとは…………お前、もしや魔術師か？　精神干渉の術でも使ったのか!?」

違います。隷属の魔女です。…………なんて言えません。

真っ青になる私に、「何にせよ、グランシオ様を解放してもらおう」とカディスが告げた。

「そんなこと、言われても…………」

銀色の何かが一閃(いっせん)した。ぱらりと落ちる黒い髪。次いで熱を感じる耳。

見れば、レイリアが持つ短剣に血がついていた。私の、だ。

「だいじょーぶよ。あたし、死なせないように少しずつ切り刻むの得意だから。グランシオ様仕込みなの。ゆぅーっくり、決めていいよ？」

怖いくらい冷たい目をしたまま、口元だけ笑みの形をとっている。カディスは近くの壁に背を預けて完全に傍観(ぼうかん)の構えだ。

「や…………」

こ、怖い…………

でも、この人たちはグランシオのことが好きで、彼のことを思って行動しているのであって…………いや、だからといって怖いものは怖いし傷つけられたくなんてないけど…………

もしも、こんなところにグランシオが来てしまったら――

そんなことを考えていたせいか。

ギ。

レイリアの背後の扉が。
ギ　ギ　ギ。
ゆっくりと。

ギ…………ィイイイイイイ――――――――――…………

開いていって。

扉の向こう側に立つ長身の男の姿がスローモーションのように見えていく。その様子は、まるでホラー映画のようで。

「…………なぁ…………」

地を這うような低い声が吐き出される。その唇は強すぎる感情のためか、ひくひくと戦慄いている。

「…………お前ら…………何……している…………？」

赤茶色の髪から覗く琥珀色の瞳は、瞳孔が完全に開いていた。

「グランシオ様っ…………！」

カディスが一歩踏み出す前に、室内に滑り込んだグランシオが彼の身体を吹っ飛ばす。横に飛んでいったカディスは、ガラガラと崩れる木箱の陰に隠れて見えなくなった。

に、人間ってあんなに吹き飛ぶものなの⁉

驚きで涙も引っ込んだ私の前で、レイリアが震えている。

「あ、あたしたち、グランシオ様をお助けしたくて…………！」

必死に言い募るレイリアの前で、グランシオの歩みが止まった。

「誰が頼んだ」

「え」

レイリアが狼狽する。

後ろで聞いていた私だって戸惑うくらい、その声は冷たくて重い。

「だ れ が た の ん だ？」

「…………あ…………」

目を見開いたレイリアが、短剣をぎゅっと握りしめた。

起き上がったカディスがその場に跪き、レイリアもへたり込むように膝をつく。

とりあえず二人が大人しくなったのを見て、詰めていた息を吐く。

……………帰ってお風呂入りたい。

「お前ら、わかってるな？」

あれ？

まだ話が続いていたのかと、驚いて顔を上げる。表情の抜け落ちたグランシオの前で、レイリアとカディスがそれぞれ刃物を取り出した。

え？　何？　刃が自分たちに向いてるよ？　危なくないの？

戸惑う私の前で、グランシオが一言。

「死をもって償え」

「アホか――――――――――――――――っ!!」

思わず叫んだ私は悪くない。悪くないったら悪くない！

「なんてこと言うの!?」

「………？　ああ、そっか。こんなの見たらご主人の気分が悪くなるよねぇー。ごめんね、気が利かなくって。………おい、俺たちがここを出てからヤれ」

「違ぁあああああうっ！」

自由にならない身をよじって叫ぶ。

「なんでいきなりそうなるの！　グランシオの知り合いなんでしょう⁉」

目の前でなくても人死になんて、ごめんこうむりたいっ！

そもそもこの二人はグランシオを心配して来てくれたんじゃないの⁉

涙目の私に、グランシオは呆れたような視線を向ける。

「ご主人、拉致されて傷つけられたんだよ？　どうしてこいつらを気にするの？　………まさかと思うけど、カディスが好みだとか言わないよね？」

何故か意味不明なことを言い出して、カディスを鋭い目で睨みつけているけれど――

「そ、そういうことじゃ、なくって………………！」

「じゃあ、どういうこと？」

ええーと………なんて言ったらグランシオを納得させられるだろう………

「あ、あ、あの、私だったら、グランがちょっと失敗したとしても死んだりしてほしくないし。その、大事に、グランにも、配下の人を大事にしてほしくて。わ、私だって、グランのこと大事に思ってるから、グランも同じように思ってほしいというか………ほら私は、グランが来てくれたからもう、大丈夫だし………………」

ぐるぐるぐるぐる、言わなきゃいけないこととかが頭の中を巡るけれど、どれが正しいのかわからない。ちゃんと言えているのかどうかもわからない。

相手の顔なんて見られるわけもなく、必死にその胸元だけを見つめて、なんとか言葉にする。

「ゆ、許してあげて？　お願い…………！」

だって、グランシオが私を最上位に置いているのは、魔女の力で隷属させられているから。

隷属の力が切れた後で、大事な人たちを切り捨てていたことに気づいたら――――

これ以上、グランシオに何も失ってほしくない。

魔女と繋がっているというのなら、この気持ちこそ伝わってほしい。

そういう思いを込めて見上げたのだけれど。

「…………『お願い』…………！　なんて甘美な響きっ…………………‼」

横を向いて打ち震えるグランシオには、ぜぇ――――ったいに伝わってないと確信した。

お祭りで、拉致の被害に遭ったパン屋です。

目の前に犯人たちがいます。

「改めて紹介するね。前の大陸で使っていたレイリアとカディスだよ」

「アーヤ様。レイリアと申します」

「カディスです」

「…………あの…………様付けはやめてください…………………」

店の厨房にあるテーブルを、グランシオ、レイリア、カディス、私で囲んでいる。

なんだろうこの状況………でも二人を許してあげてほしいと言ったのは私だから、これも自業自得………？

今日はもうお祭りどころじゃなくなったし、グランシオが私の手当てをすると言って聞かないので（カディスの方が重傷だと思うけど）店に戻ってきたのだ。

彼らは、ジニアギール。それは私とグランシオが最初に出会った大陸で、雪深く、わずかな恵みを奪い合って人々が争うばかりの場所だった。

レイリアとカディスは、以前グランシオが潰した組織にいたのだという。

「色々あって、グランシオ様の押しかけ配下になったのですが、突然消えてしまわれたので行方を追ってきたんです」

「てっきりグランシオ様があなたに操られているものとばかり…………昔から行動する前にきちんと裏を取れと言われておりましたのに、お恥ずかしい限りです」

にこやかにお話しする二人は私より少し年上で、私の年齢を聞くと揃って目を見開いた。………

慣れてます、その反応。

彼らは私に対して非常に丁寧に接してくる。

…………何故だろう。

そしてグランシオが配達に出かけたら、その隙にグランシオ賛辞が始まった。

……………本当に、何故だろう。

「グランシオ様は、とってもお強いんですよ！」

「強いだけではなく、実に緻密で無駄のない作戦を計画実行されます」

「いつも冷静沈着で、人を扱うことを得意とされておりまして、グランシオ様に尋問された捕虜の中で口を割らぬ者は一人もいなかったんですぅ！　実に見事に調教して……あ、でもみんな悦んでいましたから、最終的には問題ないですよね。もちろん昔の話ですよ？　アーヤ様」

「…………あの、せめて店長と呼んでください…………」

今、調教とか聞こえた気が…………

カディスとレイリアは、とある旅劇団の一員としてフュレインにもぐり込んだのだそうだ。そうして、先日の歌劇で客席にいるグランシオと私を発見した。あの日、後をつけてきたのはこの二人だったのだ。

グランシオは二人に、ずっと昔から私の配下だったのだと説明したみたいだ。魔女云々を伏せたのは、きっと私がそれを嫌がるから。

普通それだけの説明で納得するわけがない。しかしこの二人は納得した。

「あんなグランシオ様は初めて見ました！」

カディスとレイリアの話によると、グランシオはその昔、裏組織のアジトを潰しまわっていたらしい。

「大小様々な組織がありましたが、時には情報戦、時には実力行使、時には組織同士の潰し合いに持ち込んで、何年もかけて壊滅に追い込んでいきました。最後の方は、組織に加担していた貴族を炙(あぶ)り出して公(おおやけ)にしてやってましたね」

「それがきっかけで政変やクーデターなど、色々起きたんですが、その混乱の中、グランシオ様は消えてしまわれたのです」

裏組織って、もしかして最初に私を檻(おり)に入れた人たちのことかなぁ…………

……グランシオは私を逃がしてくれただけじゃなく、ずっとずっと私を守ろうとしてくれていたってこと？　離れている間も、ずっと？

あ。なんかグッときた。罪悪感も一緒に来た。ついでに数字も減った。

いろんな意味で涙出そう…………

「あの…………グランシオがあんな風なの、嫌じゃないの…………？」

気になっていたことを口にすると、二人はきょとんとした。

「二人の話を聞いてたら…………その、前はもっと違う感じだったんでしょう？」

話を総合すると、非情で冷酷で、下僕志願者が自主的に集まって崇拝(すうはい)してしまうくらいカリスマ性があって、敵には容赦しなくって調教が得意で…………………

あれ？　かなりヤバめの人じゃないですかね、それ。

平穏を好むパン屋としては、あまり仲良くしたい人種じゃない気が…………

むむっと難しい顔で考え込んでいると、カディスとレイリアが慌てて言った。

「いいえ！　お二人を見て理解しましたから！」

え？　何を？

困惑顔の私の前で、カディスがレイリアの脇を肘で突く。

「あ、あの。アーヤ様………じゃなくって、店長様がとっても魅力的だってことです！　それに店長様に対するグランシオ様はすっごく優しいし…………」

……それは私が魅力的だからとかではなく、隷属の力のせいです。

謎の称賛に、またまた数字が減った。


カディスとレイリアは、「グランシオ様がこの国にいるなら、ここに根を下ろします！」と宣言して、フュレインの大きな劇団に入ってしまった。

この大陸では顔を知られていないので、何をするにも楽でいいですと二人は笑う。

……………前の大陸ではどういう風に顔を知られているのか、あえて聞きませんから。

レイリアは末席の歌姫なのだというので、歌声を聞かせてもらった。とても美しく透き通っていたし、歌う姿は綺麗だった。

カディスも歌えるというので、無理を言って聞かせてもらった。低くて耳に心地よい声だった。

「カディスの声は腰にくるね」と冗談交じりに言ったら、彼は真っ青になった。

……………セクハラ親父みたいに思われたのかもしれない。今後は気を付けます………

まだ住む場所が決まっていないというので、部屋を貸そうかと提案してみた。最初はツンツンしていた（むしろ殺されかけた）のに、今では懐いてくれている（何故かキラキラした目で見てくる）様子に、絆されてしまったのかもしれない。

グランシオのことを慕って追いかけてきたのだし、一緒に暮らしてもらった方が喜ぶよね。

そう思って提案したのだけれど、二人は何やら顔を見合わせた後、店から飛び出していった。夕方に帰ってきたときには「近くに家を借りましたから、心配ご無用です」と頭を下げてきた。

ちょっと残念だったけれど、考えてみればパン屋の朝はものすごく早い。それに付き合わせる気はなくても、物音で起きてしまったりするだろう。二人はパン屋ではなく劇団員なのだから、睡眠はよくとらないといけないよね。

二人とも私の作る食事を気に入ってくれたようなので、夕食はうちで一緒にと伝えると、顔を輝かせていた。

その日から、ベイラーパン屋の夕食の時間が賑やかになった。

＊＊＊＊

グランシオ様に会うまでの俺は、いつも凍えて空きっ腹を抱えていた。母親が死んだ後、父親に売られた先では自分と同じような子供がひしめき合っていた。

食事は硬いパンと薄いスープ。少し育つと読み書きを覚えさせられる。間違えれば鞭が飛び、食事を抜かれる。

もう少し育つと適性とやらを調べられ、多少なりとも適性があれば、それが伸びるような教育を施される。伸びなければそこでおしまい。大体は獣の餌になっていた。

必死に学んだ。血反吐（ちへど）を吐きながら、どうにか生きた。同じような立場の奴と殺し合いだってさせられたけど、それでもなんとか生き延びて、数年が経った。

「レイリア」

呼びかければ、銀色の髪の少女が振り返る。

レイリアは同年代で生き残った仲間のうちの一人。なんとなくウマが合う。

途中で死んだ者も、適性無しと判断されてどこかへ連れていかれた者もいた。その中には仲の良い者だって当然いたけれど、今はもう思い出すこともない。

何も感じなくて済むように心を凍らせておくことが、自分を守ることになる。凍（い）てつき揺るがぬ、この大地のように。

「聞いた？　誰か逃げたらしいよ。そのために追っ手をかけているんだって」

「へぇ」

「あたしも追っ手にしてくれないかなぁ。そしたら途中でこっそり逃げてさ、だーれも知らない場所まで走るの」

「馬鹿なこと言うな」

自分たちは組織の所有物。逃亡は許されない。監視なく外に出されることもない。命じられた仕事を達成すれば生きられるが、できなければ死ぬ、使い潰されるだけの駒。

レイリアが口にした夢想は、ここにいる誰もが一度は抱くものだ。だが、組織が逃亡者を許すはずがない。それに、万が一逃げ切れたとして、いったいどこで何をすればいいのか。命じられることに慣れすぎた自分たちは、途方に暮れるだけだろう。

だから、もしも俺が逃げるとしたら。血を吐き、心臓が破裂するまで走り続ける。組織も未来も仲間も自分自身のことも、何も考えず。死に至るまでのわずかな時間、最後の一息までを堪能して。そうして死ねたら、きっと幸せだろう。

十日ほど経って、またレイリアと顔を合わせた。

「また追っ手がかけられたんだって」

レイリアが手にしたパンを引きちぎって半分寄こしてきたので、代わりに今日手に入れたリンゴをナイフで半分に切って渡す。

「前の追っ手はどうしたんだ？」

「死んだんじゃない？」

「それほど相手は手練れなのか？」

驚く俺に、レイリアは「さあ？」と興味がなさそうに答えた。

周りの監視兼教育係がどこか落ち着かないそぶりを見せ始めたのは、それからしばらく経った頃のことだった。組織が所有するどこかの建物が襲撃されたらしい。そこには、ここより腕に覚えのある者が多くいるはずだ。もしも、ここが襲撃されたら――

そうして、恐れていたそのときがやってきた。

相手は、恐ろしく強い男だった。紅玉がはめ込まれた長剣でもって、己の行く先を塞ぐ者を一人残らず殺していく。

いや、数人は息があった。組織の幹部たちだ。男は大暴れしながらも、情報を引き出せそうな相手にはきちんと手加減している。

まるで悪鬼のように剣を振り回すその姿は、血しぶきを上げることを、争いを楽しんでいるかのようなのに、それでも理性があるという事実が余計に恐ろしいと思わせた。

あまりの強さに、歯向かう気力などまるでなくなってしまう。

――――ここで死ぬのか。

レイリアや自分より幼い子供を後ろに庇いながら剣を構えた。

だが、相手は自分たちを殺さなかった。己の知りたい情報を幹部たちから引き出すと、彼らを始末して歩き去っていく。そこでレイリアが俺の袖を引いた。

「あの人に、ついていこうよ」

何故彼女がそう言ったのかわからない。あとで理由を尋ねても、「そうするのがいいと思ったから」というなんとも曖昧な返答だった。

結果として、俺たちはグランシオと名乗る男の押しかけ配下になった。

面倒くさそうにしながらも、グランシオ様は俺たちに居場所を与えてくれた。

年長の者がより幼い者の面倒を見た。グランシオ様が用意してくださった食事や毛布、日用品などのおかげで、飢えも凍えもせずに満たされて皆で眠った。

グランシオ様のお役に少しでも立ちたくて、戦うことのできる者たちは手足となって働いた。

グランシオ様はお一人でも恐ろしく強かったが、俺たちを使って様々なやり方で相手を追い詰めることにも長けていた。俺たちを使い捨てにしてもいいのに、態度こそ冷たいが決してそうはしないから、心酔する者は跡を絶たない。

そんなことを繰り返すうちに、同じような身の上の者ばかりが集まってグランシオ様を主と敬い、規模としては極小でありながら、あの組織よりも影響力を持つようになっていた。

明確に犯罪とされることには手を出さず、国に目をつけられたときに困るようなことも大々的にはしない。そういうことは、こっそりするのだ。

要請を受けて各国に必要な人材を提供する。いわば傭兵団のようなもの。戦うだけでなく、他にも様々な能力を持つ人材がいるからだ。派遣された人材は、その場でしっかりと仕事をした上で情報も得てくる。いい情報があれば裏を取り、恩を売る機会があれば売る。そうしたことが、こちらの身を守ることにもなる。そういった匙加減が得意なリュートという者が、グランシオ様の右腕と呼ばれるようになった。

グランシオ様を頂点として出来上がった組織。

リュートやその周辺の奴らは、いずれは傭兵の国を作りたいと夢見ていた。あまり表情が変わらず、言葉少なではあったが、グランシオ様がそこにいるだけで安心できた。

俺たちにとって、グランシオ様こそ王だった。

だが、ある日突然、グランシオ様が消えた。ちょうどその頃、敵対する裏組織の情報を周辺諸国に流し、それにより敵対組織はほぼ壊滅状態に追い込まれた。同時に、組織に加担していた貴族たちの情報も広まったことで、周辺諸国は混乱した。

その混乱に乗じてグランシオ様は消息を絶ったのだ。

直前に仕事を託された者たちは身動きが取れなかった。それを放り出すのは、グランシオ様の意に反することだったから。

だが、別の仕事で出払っていた俺とレイリアは、その仕事を終えたら次の命令を待つばかりだったから、すぐにグランシオ様の後を追うことができた。

グランシオ様は別の大陸へ渡るためか、名の知れた運び屋のもとへ足を向けていた。

海を自由に行き来するという運び屋の隠れ家は、俺たちが訪ねたときには惨憺たる有様だった。

「よほど、お怒りだったのだろう……」

グランシオ様がこれほど怒りを露わにするのは初めてのことだった。隠れ家から逃げおおせた者がいたとは思えない。いや、もしかしたら海を渡るために船乗りを数名だけ生かしたかもしれないが、彼らも生きたまま帰れるとは思えない。それほどの惨状だった。

いったい、何があったのか。

わからないまま、それでも二人でグランシオ様の行方を追う。

時に追いつけそうになりながら、時にその姿を見失いながら、それでも追い続けるうちに、グランシオ様もまた誰かを探しているのだと気づいた。

グランシオ様の配下になってから十年以上経つが、これまでグランシオ様が執心を露わにした相手などいなかった。俺たちに命じてくだされば探し人など容易く見つけられるだろうに、何故自ら探しに行ったのか。

疑問を胸に抱いたまま、グランシオ様を追ってフュレインという国に辿り着く。

そこで平凡な小娘に付き従うグランシオ様を見たときの衝撃といったらなかった。

たぶん、俺もレイリアもあまりのことに混乱していたのだ。

あの方が、ジニアギールにいくつもある屋敷のどれにも遠く及ばぬ小さなパン屋で、楽しそうに暮らすその姿に。

だから混乱したまま、グランシオ様は操られているに違いないという結論を叩き出し、小娘さえなんとかすればいいのだと早合点した。

まさかその小娘が、グランシオ様の主君だとは思いもせずに。

グランシオ様から直々に死を賜ることすら許されなかった。自死する他に道はない。それほどの失態だった。けれど、それを止めたのは俺たちが危害を加えたあの小娘だった。

彼女の訴えはめちゃくちゃで、あんな感情的な言葉でグランシオ様が自らの決定を覆すはずがないというのに――グランシオ様の表情を見て、俺は息を呑んだ。

口元を手で覆い、目元を赤く染めるグランシオ様は、明らかに喜んでいた。

そっとレイリアに視線を移すと、目を瞠っていたレイリアも俺に視線を向けた。俺たちは視線だけで意思を疎通させる。

俺たちをお許しになった後、グランシオ様はこうおっしゃられた。

「お前らには居場所と糧を与えただけで、俺は何もしていない。今あの場所はお前たちのものだ。

好きにするがいい」

それは、もう二度とジニアギールには戻らないということなのか。

それでもいいから、傍に置いてほしい。刷り込みだろうが依存だろうが、とにかく主と決めた人の傍にいたい。そう思うことが間違っているとは思えない。

そう懇願したところ、驚いたことに拒絶されなかった。

明確なお言葉はいただけなかったが、グランシオ様の主君であるアーヤ様に紹介してもらえたので、たぶん傍に存在することを許してもらえたのだと思う。

アーヤ様といるときのグランシオ様は心の底から楽しそうだ。発する雰囲気が柔らかい。あれだけ無口な方だったのに、アーヤ様の前ではわざとからかうような言動を好んでするのにも驚いた。

それから、アーヤ様の周囲の男にはかなり狭量である。アーヤ様が俺の声を褒めてくれたときなど、グランシオ様から向けられる殺気に震えが止まらなかった。

「あたし、アーヤ様とグランシオ様のやり取り見ているとドキドキするんだけど、アーヤ様はグランシオ様をそういう対象だと認識していないのかなって、ちょっと不安になるの」

レイリアが心配するのも頷ける。

アーヤ様は、おそらく少しばかり鈍い。俺やレイリアに一緒に暮らせばいいなどと発言するあたり、それは間違いない。

グランシオ様とアーヤ様と、一緒に暮らす？　女であるレイリアなら、かろうじて無事で済むかもしれないが、俺は無理。絶対無理だ。

まだ死にたくないので、丁重に辞退させてもらった。レイリアも俺とともに近所に家を借りて暮らすことを選んだ。賢明だと思う。

「グランシオ様、あたしたちのこと、ずっと前から気づいていたんじゃないかな………」

レイリアの言葉が、すとんと胸に収まる。

アーヤ様がグランシオ様の主君だと聞かされたときに覚えた違和感。

大事な主君といえる存在を、むざむざ攫われるようなヘマをするだろうか。他でもない、あの方が。きっと俺ごときには見当もつかない深いお考えがあるのだろう。それを邪魔することがないよう、今後は更に注意深く行動しようと心に決めた。

………ただ、グランシオ様には申し訳ないけれど、今は毎日のようにアーヤ様の家で夕食をごちそうになっている。

アーヤ様が用意してくださる食事はいつも温かく、そして美味しい。

焼きたてのパンは柔らかくて、これまで食べたことがないほど美味しかった。具のたっぷり入ったスープも、ともに出される肉や魚も。

俺たちがどんなことをしてきた人間かわかっているはずなのに、ごくごく普通に接してくださるアーヤ様。さすがはグランシオ様の主君である。気が弱そうに見えて、実は芯がしっかりしている方だとも思う。

一度、きちんと罪を償いたいと訴えた。どのような罰でも受けて、どのような望みでも叶えて、許しを請おうと思っていたのに。アーヤ様に懇願してようやく引き出せたのは、「じゃあ、えーと、そうだ、パンの新作ができたら試食してくれる？」という言葉だった。

それ、むしろご褒美ですよね。

困惑する俺たちに、アーヤ様は「グランシオにも最初は殺されかけたから気にしないでいいよ」と笑った。

…………何しているんですか。グランシオ様。

でもその後、「俺を差し置いてご主人の望みを叶えたいとは、どういうつもりだ？」とグランシオ様にすごまれてしまった。レイリアと二人で震え上がっていたところ、「虐めちゃダメでしょ！」と助けてくださったのもアーヤ様だ。アーヤ様の懐の深さに日々感服する。

アーヤ様とグランシオ様の様子を見ていて、ふと思ったことがある。

もしかして、グランシオ様が俺たちのような子供を始末しなかったのは、昔のアーヤ様の姿を重ねてのことだったのではないだろうか。

確かめることなどできないが、俺たちとあまり歳が変わらないというアーヤ様を見ると、そんな考えが浮かぶのだ。

ジニアギールにいた頃のグランシオ様は、本当に今では考えられないほど表情を動かさなかった。なんでもできてしまうほど器用な方ではあったけれど、反面、何にも執着しなかった。

そして時折、海を眺めていた。この大陸がある方角を。

ところで、ジニアギールにいる仲間――――特にリュートから、「グランシオ様は発見できたのか」という密書を託された鳥が飛んでくる。

下手にアーヤ様のことを知らせれば、奴らはアーヤ様を排除しようとするのではないだろうか。

自分たちがしようとしたのと同じように。

だからといって、お二人の関係をきちんと説明すればいいのかといえば、その限りではない。あんなグランシオ様の姿は、自分の目で見なければ納得できないと思う。それに、あいつらが押しかけてきても、それはそれで面倒なことになる気がする。

何度もやってくるジニアギールからの手紙を握り潰す。こちらの居場所を伝えなければ、こうやって鳥を介して手紙が来る程度だろう。

今はもう少し、このまま静かに暮らしたい。

なんといっても、グランシオ様の幸せそうな姿を見ていたいから。そして、そんなグランシオ様とアーヤ様の傍(そば)は、とてつもなく居心地がいいから。

「………ま、あいつらには向こうで頑張ってもらおう」

運がなかったということで。

「今日はお肉がいっぱい入ったシチュー作ってくれたんだって！　楽しみだね！」

「そうだな」

レイリアと二人、自分たちの幸運に感謝して、今日も夕飯を楽しみに出かけるのだ。

五　犬の譲渡は、犬の気持ちが第一です

　さて、誘拐されたりグランシオの部下と知り合ったりと、最近色々なことがあったけれど、今日は久々に第二騎士団へ行く。

　カツサンドとハム卵サンドを作り、付け合わせとともにバスケットに入れる。それとは別に、小さめに切った試食品も用意した。

　試食品は、白身魚のフライと野菜をパンで挟んだものだ。タルタルソースがないからいつもの果実ソースを使っている。

　グランシオもカディスもレイリアも『美味しい』と言ってくれたが、身体を動かす騎士さんたちはお肉の方がいいかもしれないと思ったので、まずは試食してもらうことにしたのだ。評判がよかったら、カツサンドと日替わりで用意しようかな。

「あいつらにご主人の新作を食べる資格なんてないのにー…………」

「またグランはそんなこと言って…………」

　今日は試食品の感想が聞きたいので、私も一緒に行くことにしたのだけれど。

「団長さんやアルベルトさんに会いに行くわけじゃないから、そんなに邪魔にはならない…………よね？」

「邪魔だって言う人間は締め上げてやるから心配ないよー」

……グランシオが何かやらかしそうになったら止めなきゃ…………

店を閉めた私は、グランシオと一緒にバスケットを抱えて詰め所を目指した。

近頃はグランシオの言動にも慣れてきて、ちょっとしたことでは数字が減らなくなってきた。それに、最近色々あったせいか、視界の数字の最大値が増えていたのだ。

私、強くなっている！　まさか精神が鍛えられるだなんて…………！

ちょっと感動した。

第二騎士団の詰め所に着くと、グランシオが受付の人に声をかける。

「ベイラーパン屋でーす。通っていい？」

「また来た…………！」

受付の男性が悲鳴のような声をあげた。彼は恐ろしいものに遭遇したかのような表情をしている。

「通るよー？」

「…………はい…………どうぞ…………」

歩き出すグランシオの後ろにくっついて、会釈しつつ受付を通り過ぎる。

「…………あの人に何かしたの？」

「やだなぁ、特に何もしてないよ」

怪訝に思いながら歩いていくと、グランシオに気づいた騎士たちが次々と道を空けた。なんとなく、目を合わせないようにしているような…………？

「こんちはぁ～。ベイラーパン屋でーす」

グランシオが元気よく扉を開けると、中から「ひぃっ！」「来た！」などという声が聞こえてきた。ガタガタざわざわとなんだか騒がしくなる。

気になってグランシオの背後からひょっこり顔を出せば、詰め所内がシンと静まり返った。

「あの、いつもお世話になっています」

ぺこりと頭を下げたら、一瞬の間が空いた後、転がるようにして誰かが走り出てきた。

あの、今机に足ぶつけましたよね。結構いい音したけど大丈夫ですか…………？

心配が声に出る前に、勢いよく頭を下げられる。

「ベイラーの店長さん！　先日はお話も聞かず、大変失礼な態度をとって申し訳ありませんでしたぁ!!」

「!?」

突然の謝罪に、驚いて顔が引きつった。よくよく見れば、以前私がアポなし訪問したときに応対してくれた騎士さんだった。

「あの…………団長と団長補佐に付きまとう女性がとても多くて…………特に最近は成人前の子も追っかけてきていて……先入観からあなたもその一人だと思い、あのような対応をしてしまいました。不愉快な思いをさせてしまったことを、ずっと謝罪したかったのです」

なんとイザーク団長とアルベルトさんには女性の追っかけが多数存在していて、就業中に押しかけてきたり、デートの約束を強請（ねだ）ったり、外で出待ちしていたり、騎士さんたちに取り次げと言ってきたりするのだという。女性って、強いな。

「いいえ。突然押しかけた私が悪かったので、気にしないでください」

本心からそう言ってにっこり笑うと、部屋の空気が緩んだ気がした。

「……うん？　そもそも何故に緊迫した空気を作り出していたんですか？　私は怒ってないし、たとえ怒っていたとしてもパンに変なもの混ぜたりとかしないよ？

「じゃ、サンドイッチはこっちに置いとくから、勝手に取っていけよー」

そのグランの物言いにギョッとしたが、騎士たちは誰一人文句を言わない。恐る恐るバスケットに近づいては素早くサンドイッチを取っていく。

その様子は、さながら猛獣の前にある餌を横取りするかのようで………

ますます訳がわからなくて眉を顰めてしまう。

「あ、アーヤさん！」

聞いたことのある声に振り返れば、大量の資料を抱えたアルベルトさんが立っていた。

「お久しぶりです。アルベルトさん」

私が挨拶すると、アルベルトさんは「ようやくお許しが出たんですねぇ…………」と呟いた。

……どういう意味ですか、それ。

問いかけるような視線を向けたら、引きつった苦笑が返ってきた。

「アーヤさんに対する無礼な態度と発言で、彼を怒らせてしまったようで………」

そう言って、アルベルトさんが事情を説明してくれる。

グランシオはここへ来るたびに騎士たちを挑発し、挑発に乗った彼らを丁寧に叩きのめした上で、一人一人の仕事ぶりを細かくチェックし、ちくちくと嫌味を言って精神的に追い詰めたという。

先ほどの騎士さんが私に謝罪したいと申し出ると、グランシオは『まだ誠意が足りていない』などと言いがかりをつけて拒絶。以来、誰もが私に接触しないようにしていたとか。

「おかげで、商業組合長の件以外にも色んな仕事が捗りましたけれどね…………書類が追いつかないくらい…………」

ちょっと遠い目をしたアルベルトさん。彼の抱える書類の山が、何かを訴えてきている気がする…………

グランシオ…………どうして騎士の方々に睨まれそうなことをわざわざするのっ…………！

――――それはきっと、駄犬だから。

ふっと悟りの境地に至った私は、今の話を聞かなかったことにした。

「今日は、試食をお持ちしたんです」

「試食ですか？」

目を瞬かせるアルベルトさんに、にっこりと試食の入ったバスケットを差し出した。

この世界にも魚の揚げ物はあるが、それは魚を丸ごと揚げるだけなので、切り身にパン粉をつけて揚げたフライは新鮮だったようだ。

わらわらと集まってきた騎士の方々に試食してもらい、感想をいただく。

「肉もいいけど魚も美味いな」

「魚ってあんまり好きじゃなかったけど、これなら食える」

前世、料理教室で習った三枚おろし。試してみたら、こっちの世界の魚でもなんとかできた。

それを見たレイリアとカディスがひどく驚いて、『解体屋……』とか呟いていたので、こっちには三枚おろしという概念がないのかも。

なかなか好評だったので、魚が安く買えたときにはいいかもしれない。フュレインは海に面しているから魚も普通に手に入る。朝は高くても夕方とかなら安くなるかな？

そんな胸算用をしていると、奥のドアが開いた。

「パン屋が来ていると聞いたが」

入ってきたのは眉間に皺を寄せたイザーク団長だ。私を見つけると、ずかずかと大股で近づいてきた。

「…………なんだ、それは」

バスケットの残りわずかな中身を見て、団長が顔を顰める。

「試食です。感想を聞こうと思って…………」

言うや否や、試食の入ったバスケットを取り上げられた。

その中に昼食用のサンドイッチを二人分入れた団長は、「ちょっと話がある」と言って私を執務室へ引っ張っていく。当然のように、グランシオもついてきた。

団長の執務室に入ると、前回と違って今日は先客がいた。

装飾品のたくさんついた華美な服装の青年が、緑色の目で私をじろりと見てきた。その視線の強さに一瞬たじろぐが、すぐに逸らされたのでホッとする。

「ちゃんと手に入っただろうな、イザーク」

「…………レイヴェン様。仮にも第二王子でいらっしゃる人が、部下たちの昼飯を横取りするのはどうかと思いますよ。人数分しかないって言っているじゃないですか…………」

イザーク団長の発言に、私は目を丸くする。

――――どうやらこの国の王子様とエンカウントしたようです。


執務室のテーブルの上に積み重ねてあった書類が、素早く退けられた。アルベルトさんがどこからか調達してきたテーブルクロスを敷き、その上にサンドイッチを並べる。

「うむ。確かに美味だな」

私はちょっと怒っていた。今のは王子様の独り言のようだったので、返事はしない。王子様ともあろう方が一介のパン屋に声かけるわけがないよね。

「試食品だというこちらも珍しいな。食べたことがない」

へぇーそうなんだぁー。王子様のお口にも入ったことないんだぁ。

「…………パン屋、レイヴェン様がお褒めになっている」

「…………それはどうもありがとうございます」

イザーク団長に促されて一応お礼を口にする。そんな私の態度に困ったような表情をするイザーク団長と、その後ろに控える苦笑気味のアルベルトさん。

一言の断りもなく、心の準備もさせず、突然王族に引き合わせるとか、本当にやめてほしい。

イザーク団長はそういう気遣いができない人だってアルベルトさんが言っていた。そのときは笑っていられたけど、こうして自分が被害に遭ったら笑えない。

レイヴェン殿下はゆったりとソファに腰かけて試食品を平らげようとしている。その背後には護衛騎士らしき人が立っていた。

私はといえば、何故かレイヴェン殿下の対面のソファに座らされている。ものすごーく遠慮したのだが、婦女子を立たせたままにはできぬとかなんとか言い切られて仕方なく座った。

……婦女子とかどうでもいいから、帰りたい……。

聞けばレイヴェン殿下は、この国の軍部を担(にな)っていて、騎士団にも頻繁(ひんぱん)に姿を見せるらしい。

「前にイザークが食べているのを見て以来、ずっと気になっていたのだ」

高価なカップで食後のお茶を飲むレイヴェン殿下は満足そうだ。カップをソーサーに置くと、不意にこちらを向いた。

「とても美味だった。ところで、本当にお前が店長なのか？」

その顔にははっきり『嘘だろう？』と書いてある。残念ながら本当です。

「アーヤさんはこう見えてしっかり者なんですよ」

アルベルトさん、フォローありがとうございます。

レイヴェン殿下は「ふむ」と何やら考え込んだ後、にっこりと笑いかけてきた。

「どうだ、王宮で使ってやってもいいぞ。私が口利きしてやろう」

「…………殿下、勝手なことをするとまた叱られますよ」

「なに、美味(うま)いものが食べられると知れば兄上だとて喜ぶだろう」

護衛騎士に諫(いさ)められても、殿下はまったく気に留めた様子がない。

「あの…………私には過ぎたお話ですので……………」

断りの文句を口にすると、二人の視線が同時に突き刺さった。

「何故だ？」

緑色の目をすっと細めるレイヴェン殿下に、思わず委縮(いしゅく)してしまう。けれど…………ここで黙る方がまずい気がした。

相手の形のいい鼻の辺りを凝視(ぎょうし)する。こうすれば相手の目をしっかり見ているように見え、かつ自分は緊張せずにいられるという、前世で学んだ面接対策である。こんな目力の強い人を、真正面から見つめ返して平然としていられる自信、私にはありません。

「私の望みは小さな店を守ることなので……………王宮に仕えることはできません」

ベイラー夫妻の望みと私の望み。それは、平穏パン屋ライフだ。

現在の我がベイラーパン屋は、孤児で行き遅れの小さな女が売る、ちょっと変わったパン屋。話題性だけで言えば十分だと思う。今以上に注目を集める必要性は感じられない。ましてや、後ろ盾のない平民の店が王宮御用達(ごようたし)なんかになったら、面倒事が起きる予感しかしません。

「保護者だというそっちの男も同じ考えなのか？」

「店長がお決めになったことに従うまでです」

話を振られたグランシオがにこやかに返す。その態度は先ほど騎士たちをおちょくっていた姿とは対極である。

レイヴェン殿下は実に面白くなさそうな表情で頭を横に振った。

「商売人ならば利に聡くなくてはならないと思うがな。――ところで、グランシオといったか」

唐突に名を呼ばれ、グランシオがわずかに目を細めた。その姿を面白そうに見つめながら、レイヴェン殿下が長い足を組み替える。

「本当はな、お前を見に来たのだ。〝狂刃〟よ」

ずん、と急に空気が重くなった気がした。冷や汗をかきながら、ちらりとグランシオの顔を窺う。でも、にこにこしているだけで何も言うつもりはなさそうだ。

「〝狂刃〟、ですか……？」

なんのことかと恐る恐る尋ねれば、レイヴェン殿下は深く頷いた。

「『それは、突如戦場に現れる。その剣技は神の領域か悪魔の業か。生きとし生ける者が死に絶えるまで舞い続ける、狂気に満ちた一振りの刃』――そのような文句によって謳われる〝狂刃〟。それがその男の二つ名だ」

……なんかそれ、すごく中二病っぽい……………！

重苦しい雰囲気の中、誰もが真剣な顔をしている。なのに『中二病っぽい』という考えが浮かんで全然消えてくれない。大真面目な殿下の前で噴き出したら間違いなく怒られそうだ。だけど、我慢しなきゃと思えば思うほど笑いがこみ上げてくる。
ダ、ダメだ…………！　今、口開いたら笑っちゃいそうっ…………………！
黙り込んでぷるぷるしている私に、イザーク団長が補足説明してくれる。

「最初に気づいたのは我々ではなく、以前ジニアギールに渡ったことのある諜報員だがな。その男が持つ剣。それは代々〝狂刃〟と呼ばれる存在に継承されるものに違いない」

グランシオの腰にある長剣。紅玉の輝くそれが、〝狂刃〟である証――――――？

「あの、人違いでは…………」

そういうことにしたい私の問いに、今度はアルベルトさんが答えた。

「いいえ。先日の一件からしばらく監視させてもらいましたが、ほぼ間違いありません。配下の〝銀飾〟と〝黒飛〟との接触も確認しました」

そ、それはもしや、レイリアとカディスのことですか!?　あの二人にも中二病っぽい呼び名が…………!!　ダ、ダメだ。笑っちゃダメ。頑張って私の腹筋！　名づけの由来が気になるぅ！　とか、考えちゃダメだって!!

あ、あれ？　数字が減っている…………？

ま、まさかこの笑いたいけど笑えないという状況ですら、精神力が削られるの…………!?

密かに焦っていると、レイヴェン殿下と護衛騎士の会話が聞こえてきた。

「思わぬ拾い物だ。やはりたまには市井に足を運んでみるものだな」

「殿下が自ら動かれる必要はありませんが…………」

「ディニアス、こやつが他所（よそ）の国に取り込まれぬよう気を配れ。優秀な手駒はすぐに目をつけられるからな。まぁ、最優先とすべきは次期国王たる兄上だ。兄上からどうしてもと頼まれれば譲（ゆず）ってやらなくもないが」

――――あれ？

こみ上げていた笑いの衝動が、すぅっと引っ込んだ。おかげで数字のカウントダウンも止まった…………のはいいんだけど。

何、その『もう俺のモノだ』的な発言。

この世界で生きている以上、平民はお貴族様の怒りに触れないようにすべきだ。平民の子供は、そう言い聞かされて育つ。

でも、嫌だと思った。前世で暮らした日本には貴族や平民といった括（くく）りがなかったのもあるけど、それだけじゃない。

我慢ならないものは我慢したくない。いいえ、する必要がない。

だって、魔女は――――

「――――〝狂刃〟、お前は」

レイヴェン殿下の声で、ハッと我に返った。あれ、私何を考えていたんだっけ？

「ジニアギールから逃げてきたのだろう？　向こうは政変があったとかでかなり混乱しているようだからな。実力のわりにこちらでまだ顔が売れていないことも実に都合がいい」

強い緑色の目がグランシオをひたと見据える。

「この国で私に仕えるがよい」

「お断りします」

即答だった。

レイヴェン殿下は緑色の目をぱちくりさせる。何を言われたのか本当に理解できないようだ。けれどすぐに理解したのか、眉根を寄せて聞いた。

「何故だ？」

「私の身も心も、既にこちらにいる主に捧げておりますので」

グランシオの発言に、みんなが私の方を見た。注目を一身に浴びて、どっと汗が噴き出る。

「主……………？　お前たちはパン屋の店長と従業員以上の関係なのか？」

グランシオは黙って艶やかに微笑んだ。

その含みのある笑みを見て、レイヴェン殿下はなんとも言いがたい表情をした。

「……………では、そこの娘がお前を譲ると言えばいいのか？」

「それはもちろん、我が主の御心のままに」

丸投げされたっ!?

恭しく礼の姿勢をとるグランシオ。彼から視線を外し、殿下がこちらに顔を向ける。

「娘、好きな褒美を与えるから私に譲れ。金でも名誉でも、欲しいというのならば如何様にもしよう。ああ、それともお前くらいの歳だといい縁談を欲しがるのだったか？」

……………は？

「イザーク、お前独り身だろう。貴族で第二騎士団の団長が相手となれば、平民の娘としては願うべくもない縁談だ」

「レイヴェン様⁉」

団長さんが叫び声をあげる。

「パン屋……アーヤ嬢に失礼ですよ！　私では歳が違いすぎます‼」

「この娘が成人しているなら問題なかろう。貴族では夫婦で二回り年齢が違うことも珍しくない」

「何をおっしゃっているのかわかっているのですか！」

「なんだ。不満か？　ではディニアスでいいか」

「殿下のご命令とあれば…………」

護衛騎士のディニアスさんが恭しく首を垂れる。

……待って。勝手に私の結婚話を進めないでください。

「ディニアスは今年で二十五だ。娘は今、十六くらいか？　まぁ見た目はともかく、きちんと成人しているのであれば問題ないだろう」

「殿下、アーヤさんは二十歳です…………」

アルベルトさんの言葉に、レイヴェン殿下とディニアスさんが目を大きく見開く。その視線が私を上から下までさっと撫で、無言でそうっと逸れていった。

……どうせ童顔ですよ！　前世でも童顔だったから、そういう反応慣れてます！　でも、胸ならちょっとはあるもん！　レイリアみたいなふわっふわじゃないけどさ！

私が若干いじけているうちに立ち直ったらしい殿下は、「では何も問題ないな」と言い放つ。「問題はあるでしょう！」と反論するイザーク団長。当事者のくせに口数少ないディニアスさん。やんわり諫めようとするアルベルトさん。目が笑っていないグランシオ。

――――混沌としている…………

「グラン」

言い争っている高貴な方々に聞こえないよう、そっとグランシオに呼びかけた。すると、すぐさま反応して私の前に跪く。なんか反応がワンコのようだ。

「なんですか？」

「王子様にお仕えしたい？　本当の気持ちを教えてほしいの」

隷属の力のせいで魔女至上主義になってはいるが、尋ねればきちんと答えてくれる。

正直に言うと、こんな自分勝手な王子様にお仕えするのはどうかと思うのだけれど、普通なら偉い人に仕えるのは名誉なことだろうし。

グランシオは少しだけ目を伏せたあと、そっと窺うように私を見上げた。

「………もしも許されるのならば、俺は、ずっとご主人と一緒にいたい………」

小さく、囁くように言う。まるでそれを本当に心の底から願っているかのように…………

全身が硬直すると同時に、かぁっと熱くなった。

ち、違う違う。今のは王子様に仕えたいかどうかという問いに対する答えであって、別に深い意味はない!!

たぶん真っ赤になっているだろう私を、グランシオがじっと見つめてくる。

し、仕方ないじゃないの！　すぐ赤くなっちゃうんだよぅ！　そういう性格なんです！

だからガンガン数字が減るんですってば！

……………お願いだから、見ないでぇえええ…………！

「おい。何を話している」

レイヴェン殿下の声が割り込んできた。ハッと顔を上げれば、眉を顰めた殿下に睨まれる。

「褒美を何にするか決めたのか？」

殿下の問いを受け、私はその場に立ち上がった。

「あの、グランシオは譲れません」

自分でも思いがけないくらい、はっきりとした声が出た。

迷いがなくなったからだ。グランシオが希望していないなら、私がちゃんと守ってあげなければ。

レイヴェン殿下の緑色の目が一瞬だけ大きくなり、すぐに細められる。

「何故だ？　一介の平民が〝二つ名持ち〟を従えてなんの利がある？　宝の持ち腐れだ。何より王族に仕えるのは、その男にとっても名誉であろう」

と、本当に不思議そうに言うけれど……

「……………それは、人によるのでは…………？」

「王族に仕えることが人によっては名誉でもなんでもないと、そう言いたいのか」

「…………私なら、仕えたいと、思いません…………」

言い終わるか終わらないかのうちに、目の前の王子様が獰猛(どうもう)な笑みを浮かべた。獣だったら牙を見せつけるような、そんな笑み。

「ディニアス、捕らえよ」

殿下の一声でディニアスさんの手が伸びる。それをグランシオが手刀(しゅとう)で叩き落とした。

「勝手に触んじゃねーよ」

「殿下のご命令だ」

「知ったことか」

一瞬、睨(にら)み合ったかと思うと、次の瞬間には二人とも抜刀(ばっとう)していた。

「ええええええ!?」

突然、しかも室内で斬り合いを始めた二人に、仰(の)け反(ぞ)りながら驚愕(きょうがく)の悲鳴をあげる。

「お前たち！　やめろ!!」

血相を変えたイザーク団長が大声をあげても、二人が止まる気配はない。

「殿下！　ディニアスを止めてください！」

アルベルトさんが声を荒らげるが、ゆったりと座るレイヴェン殿下にその気はなさそうだった。

「王家に仕えることを名誉だと思えぬと言うのだから、従いたくなる理由を作ってやればよい。不敬罪で捕らえた主(あるじ)を釈放してやる代わりに、その従僕を譲(ゆず)ってもらう、という筋書きならば問題あるまい。美しい主従愛だな」

なんという傲慢(ごうまん)っぷり！

驚愕のあまり私の口は開きっぱなしだ。

「パン屋！　〝狂刃〟を止めろ！」

イザーク団長に乱暴に両肩を掴まれ、険しい表情で怒鳴られる。

「このままでは殿下に剣を向けたかどで罪人にされるぞ！」

「え⁉」

思わずレイヴェン殿下を凝視すると、緑色の目が愉快そうに細められていた。

「………………先ほど殿下がおっしゃったように、お前を餌にして〝狂刃〟を手に入れるも良し、殿下に剣を向けた罪人として〝狂刃〟自身を捕らえ、贖罪の名目で配下にするのも良し、といったところだろう」

それは、どちらにしてもグランシオが殿下のものになるということ？

私の震えが伝わったのか、どこか辛そうに顔を歪める団長。肩を掴む指にぐっと力がこもる。

「主を救うために殿下に仕えるのと、殿下に剣を向けて罪人になるのとでは、まったく扱いが違う。罪人上がりの人間は決して歯向かえぬよう、逃亡防止も兼ねて厳しく行動が制限される。そこには死ぬ自由もない。そうさせたいのか？」

その内容に、血の気が引くのを感じた。

「グランシオっ！　やめてっ！」

「聞けない命令だなぁ」

斬り合いしながら、否定の声が返ってくる。

「あんたから離れるくらいなら、この場の人間、全部斬り捨てた方がマシ」

その声に本気を感じ取ったのか、イザーク団長がきつく目を瞑ったあと、腰の剣に手をかけた。

「…………仕方ない…………」

――何が？

「アルベルト、ディニアスに加勢する。…………………お前は隙を狙って捕縛しろ」

「…………承知いたしました」

――何を、言っているの？

イザーク団長がグランシオの背後から斬りかかる。

グランシオはディニアスさんを蹴り飛ばし、長剣でイザーク団長の剣を受け止めた。

――やめて。

このままじゃ自分が抑えられなくなってしまう。

「最初からお前が譲ると言えばよかったのだ」

グランシオは二人に挟まれている。そしてアルベルトさんも機を窺っている。室内で戦いにくいせいもあるけれど、たぶんグランシオは、できるだけ相手を傷つけないようにしていた。それはきっと、私がいるから。怖がってばかりの私のせい。

「安心しろ、娘。お前にはきちんと褒美を与える。生活を保障し、必要ならば代わりの従業員も用意しよう。〝狂刃〟にも重い制約を科すことはしないと約束する。我が王家は手駒には寛容な――」

もう、だめ。

「『ふ　ざ　け　る　な』」

――――力が、ほとばしった。

＊　＊　＊

執務室は静寂に満ちていた。最後に響いたのは、我が護衛騎士のディニアスが持っていた剣が床に落ちた音だった。自分にはそれが、どこか遠くの出来事のように感じられた。

誰も微動(びどう)だにしない中、小柄な娘だけがゆっくりと動く。

今ならわかる。この娘は魔女だ。質素な服に包まれた小さな身体が、圧倒的な存在感を放っている。まるで、この世界からくっきりと浮き上がっているかのようにも感じられて、目が、意識が、彼女から離せなくなる。

これまで彼女のことを視界に収めておきながら、どうして放っておけたのか。これほどまでに、異彩を放つ存在だというのに。

背筋を伸ばし、顎(あご)を上げ、跪(ひざまず)く自分たちに一瞥(いちべつ)もくれずに歩む。そして、赤茶色の髪の男の前に、少し足を開いて立つ。

「『よくも我が言葉に逆らったな』」

魔女の身体の大きさは変わっていないはずなのに、とてつもない威圧感だった。その声は深く、重く、耳から入って胸の奥までずんと響き、それだけでは終わらずに身体中の隅々まで流れていく。どこまでもいつまでも聴いていたい。

そう思わせる、そんな〝声〟。しかし、それは自分に向けられたものではなかった。

「…………申し訳、ありません…………」

言葉だけは謝罪を装(よそお)っているが、〝狂刃〟の目には明らかな愉悦(ゆえつ)が見られる。

…………その気持ちは、わかる。わかってしまう。

たとえ叱責であろうとも、自分に声をかけてもらえたら、とてつもない喜びを感じるだろう。今だって、その声を聞けるだけで酩酊(めいてい)しているかのように心地よい。

魔女は黒く輝く目で、跪(ひざまず)く自分たちを見下ろした。

魔女が一言詫(わ)びろと命じれば、身体は勝手に反応し、執務室の床に両手両足を窮屈(きゅうくつ)に折りたたんだ格好で頭を下げる。

「『いい格好だな。似合っておる』」

蔑(さげす)まれていると理解していても、『似合っている』と言われれば嬉しいと感じてしまう。

そのとき、魔女の視線が自分に向けられた。この部屋にいる人間の中で、自分だけに。

「『お前ごときが我が下僕を奪おうとは…………なんとも笑える冗談であった。相応の罰を与えよう』」

魔女の黒い目が細められる。期待なのか不安なのか、ぞくぞくとしたものが背筋を這い上がった。

「ご主人様、ただ命じるだけでは、罰になり得ません」

横から口を挟んだ〝狂刃〟を、魔女は鼻で嗤った。

「『ふん。ならばこうしよう。高貴なる身である王子よ、お前はしばし、そこな護衛騎士の下僕と化すがいい。実に屈辱的で、お前には似合いの罰だろう？』」

己の意思に反して下僕になることの辛さを、身をもって知れということなのか。本当に屈辱的な命令だというのに、胸に溢れるのは歓喜。魔女の黒い目で見据えられ、声をかけられ、更には格別な命令まで受けたのだ。

だが幸福感と優越感でいっぱいだった自分は、次の瞬間、絶望に叩き落とされた。

「『不愉快だ――――しばらく我が視界に入るな』」

そう命じられ、全身に衝撃が走った。自分以外の者たちも息を呑む気配がした。

そんな、ひどすぎる。魔女の傍にいられるのならば、なんだってするというのに。

しかしその命令に抗うことなどできない。

何故なら彼女は絶対の支配者。彼女の命令に従うことこそが喜び。彼女を不愉快にさせてしまうかもしれないと想像するだけで、胸を掻きむしりたくなった。

だが、彼女の前でそのような無様な姿をさらしたくない。

「こんな奴らにまで、お力を揮うなんて…………」

〝狂刃〟が不満を口にした瞬間、ガッと鈍い音がする。

目だけを動かしたその先で、魔女の小さな足が赤茶色の頭を踏みつけていた。

「『誰のせいだと思っている』」

「…………くっ…………」

「『貴様はなんだ？　主の手を煩わせることしかできぬ無能なのか？』」

ぐりぐりと踏む足が男の頭を床に沈めていく。

「ふっ…………申し訳、ありません。この、無能な駄犬めの…………せいです……お許し、ください、ご主人様…………」

〝狂刃〟の目はきらきらと輝いている。〝狂刃〟を縛る魔女の力は、自分たちを縛るそれよりも強く、魔女との繋がりがより深く濃いものであることがわかってしまう。

その差は何によるものなのか、自分にはわからない。

ただ、直に魔女に踏みつけられるその姿から目が離せなかった。

＊　＊　＊　＊

魔女モード。遠い目で中継させていただきます。

以前少し説明しましたが、魔女モードは私の精神力を代償にします。それも羞恥心を煽るような方向で、勝手に口と身体を動かします。私の望みを〝命令〟という方法で〝下僕〟に伝えるために。

「『よくも我が言葉に逆らったな』」

訳：やめてって言ったじゃない（泣）

…………何故こんなに違うのか…………

「『不敬とは、お前たちのことを言うのだ。詫（わ）びろ』」

そう言った瞬間、ざざっと一糸（いっし）乱れぬ動きで土下座され、ひぃぃぃぃっと内心で慄（おのの）く。

土下座って、この世界にもあるの!?

どうでもいいことを考えているという自覚はあるけれど、その間も私の口は止まらない。目が勝手に蔑（さげす）みの視線へシフトチェンジ。その先にはレイヴェン殿下がいる。

「『お前ごときが我が下僕を奪おうとは…………なんとも笑える冗談であった。相応の罰を与えよう』」

そこへ、何故かグランシオが口を挟んできた。

「ご主人様、ただ命じるだけでは、罰になり得ません」

そういう隷属（れいぞく）される側の見解とか、別にいらないんだけど!?

ちょっとだけパン屋でこき使おうかな～とか考えていただけなのに、グランシオの発言を聞いて『ん？ これ罰にならないの？』と思ってしまったのが悪かったのか――

「『ふん。ならばこうしよう。高貴なる身である王子よ、お前はしばし、そこな護衛騎士の下僕と化すがいい。実に屈辱的（くつじょくてき）で、お前には似合いの罰だろう？』」

どひぃいいいいいいい!?

何言っちゃってんの!? バカバカ！ 私のバカ!!

内心で頭を抱える。前世で読んだ『騎士×王子』の薄い本が脳裏に浮かんじゃったよ！

はっ、まさかそれ？　それ繋がりなの⁉　まさかの連想ゲーム的な感じ⁉　確かにレイヴェン殿下とディニアスさんの主従逆転とか、想像するだけで恥ずかしくなっちゃうけど………

もういいから！　私は平穏な生活したいだけなんですっ！　もう関わり合いにならなくて済むならば、それで………！

「『不愉快だ――しばらく我が視界に入るな』」

………なんでこんな風に変わっちゃうんでしょうね！　泣きたくなりますよぉぉぉ！

視界の数字が順調に減っていく。順調にカウントダウンしてるぅ！

でもでも、これくらいなら効力が切れるのだって早いはず。いや、恥ずかしいっていえば恥ずかしいんだけど、まだ耐えられる程度っていうか………

内心でそう自分に言い聞かせていたとき、駄犬が余計なことを言った。

「ご主人様………こんな奴らにまで、お力を揮うなんて………」

だって、他に方法が思いつかなかったんだよ～～～！

泣き出しそうになりながらそう思った瞬間、片足が勝手に持ち上がった。

ひぃっ⁉

内心の悲鳴とは関係なく、グランの頭をガッと踏みつける。そして口が勝手に動く。

「『誰のせいだと思っている』」

訳：グランが暴走するからだよ！

「『主の手を煩わせることしかできぬ無能なのか？』」

訳：本当は全然したくなかったのに！

こういう仕様だと頭では理解している。理解、している、けど…………

やぁめぇてぇえええええええええ！

なんで私、グランを踏みつけているの!?　やめて、ぐりぐりしないで！

嗜虐心を露わに口角上げないで！　私の顔！　顔ヤバイって今！　たぶん!!

ほら、周りに跪いている新たな被害者さんたちが呆然としているよ！　完全に引いているよ!!

違うんです！　私がやりたくてやっているわけじゃないんですぅぅう!!

グランシオも下僕スイッチが入っているのか、口調とか本当に〝下僕〟って感じだし！

でも、目はギラギラしていて…………内心怒ってるんだよね!?

ごめんなさいいいいいいい！

数字がものすごい勢いでぐぃんぐぃん減っている。そのことに気づいてギョッとし、慌てて魔女モードを解除した。

気づけば、既に殿下たちは執務室からいなくなっていた。

…………胃が痛い…………魔女の力を使ってしまった…………たぶん、長くても一週間くらいしか効力もたないとは思うんだけど…………

「ご、ごめんね、グラン。た、立てる？」

そう呼びかければ、グランシオは何事もなかったかのように、すっと立ち上がった。

レイヴェン殿下が無理矢理彼を従えようとする姿に、気づけば力を揮っていた。だけど、私にレイヴェン殿下を罰する資格なんてあったんだろうか。魔女の力でグランシオを支配下に置いている私に――

冷静になると後悔ばかりが湧いてくる。くしゃりと歪む顔を見られたくなくて、俯きがちに帰路についた。

あれしか方法がなかったとは思うけれど、簡単に力を揮ってしまった自分に慄く。

あの瞬間、力を揮うことになんの躊躇いもなかった。

急に不安になって、両腕で自分の身体をぎゅっと抱きしめる。

いつか、私は……力を揮うことになんの疑問も持たなくなるのではないだろうか。自分の思い通りにならないことがあれば、嬉々として誰かを支配するときが来るんじゃないだろうか――それは、とても怖いことだ。

店の扉を開けると、染みついたパンの香りが鼻をくすぐった。帰ってきたことを実感できたせいか、身体から力が抜ける。

「ご主人疲れたでしょ？　今、お茶用意するからね」

座っているように言われたので、ありがたくそうさせてもらった。グランシオは手早くお湯を沸かし、その間に茶葉を用意する。

「どうぞ、ご主人」

差し出されたカップを、お礼を言って受け取る。こくりと飲めば、喉を通ったお茶がじんわりと身体を温めてくれて、徐々に落ち着いてきた。

しかし、気持ちが落ち着いてくると、だんだんと腹が立ってくる。

使う気もなかった力を使ってしまった。よりにもよって権力者の前で。それもこれも全部、王子様と団長たちお貴族様のせいだ。

「お貴族様が平民に迷惑かけちゃいけないよね！」

「それ、誰かに聞かれたら不敬罪だって投獄されるよー」

投獄される前に一緒に逃避行しようねー、と笑うグランシオに胡乱げな視線を向けると、彼は琥珀色の目をぱちぱちさせる。

「…………そういえば、グランって変な二つ名ついていたんだね…………」

「変っ⁉」

珍しくグランシオが素っ頓狂な声をあげた。

〝狂刃〟って変だと思うんだけど、私の感覚が変なのかな。こっちでは普通なのかな？

「そういうのって、どうやってつくの？」

純粋な興味で尋ねれば、グランシオは慌てて弁明した。

「勝手につけられたっていうか、気づいたら呼ばれてたのっ！　俺が自分でつけたわけじゃないし…………！」

そういうものなのか、と納得してお茶を一口飲んでいると、何か言いたげなグランシオがチラチラと視線を向けてきた。

「？　なぁに？」

「…………俺が二つ名持ちだって知って…………ご主人、どう思った？」

曰く、二つ名持ちを従えることは一種のステータスになるらしい。しかし同時に畏怖される対象でもあるそうだけど…………

「平穏パン屋に二つ名持ちの従業員って、必要ないよね？」

私にとってグランシオの印象は、最初は怖くて、次は魔女に支配されてしまった不運な人で、そして今はベイラーパン屋の大事な従業員だ。正直に言って、二つ名持ちだからどうとか関係ない。

つまり、怖いとかいう感情もないけど、すごーい！　っていう感覚もない。

自分の考えにうんうんと頷きながらグランシオを見やれば、ないはずの耳と尻尾がへたって見えるほどしゅんとしていた。

え、なんか答え方間違った⁉

「ふ、二つ名持ちはいらないけど、グランはいるよ⁉」

その言葉にグランシオがぴくっと反応した。

そう。たとえ隷属の力が切れてしまえば出ていってしまうのだろうとわかっていても。

「〝狂刃〟とか物騒なのは知らない。だけどグランは…………グランは、ちゃんとうちの家族枠に入ってるから」

何故かグランシオが微妙な表情になった。残念？　困惑？　…………なんだろう。

…………家族っぽく思っているって、ダメだったかな…………

ちょっと落ち込んだ。数字もまた減っちゃったけど、仕方がない。

それより、王子様方のことだ。今回はグランシオのときと違って、力が発動したことが自分でもわかったし、どの程度で効力が切れるかも予想できた。やはりグランシオのときは朦朧とした中で力を揮ったのがよくなかったのだろう。

「…………あの、グラン。団長たち、たぶん何日か経ったら元に戻るの。効力が切れる前に、逃げた方がいいかな…………？」

彼らが正気に戻ったら、危険な魔女だってことで追われてしまうかもしれない。

お店は大事だけど、捕まったらパン屋を続けるどころじゃない。それなら、一度逃げて他の場所でお店を開いた方が…………

「逃げる必要なんてないよ」

グランシオが愉しげにくつくつ笑った。

「ご主人の『視界に入るな』って命令、あれ最高だったねぇ…………あれがなきゃ、ご主人抱えてさっさと逃げてたとこだけど」

ん？

「だって、もしも俺が奴らの立場なら、力が切れる前に『もっと強い力で支配して』って縋りつくもん」

「は？」

聞き違いかな…………今何言った、この駄犬。

「絶対的な支配。身も心も魂もすべてを委ねてしまえる悦び。一度知ったそれを奪われるのは辛い…………でも『視界に入るな』って命令があるからご主人には近づけず、懇願することもできない……ククククク……ざ・ま・あ……！」

今のグランシオは駄犬的思考に脳を支配されているみたい。

ブツブツと呟くその内容は、どう贔屓目に見ても正常とは思えない…………

「……あの、でも逃げた方が……」

「心配いらないよぉ。ご主人に歯向かうような犬がいたら、あんたの優秀な忠犬であるこの俺が、ぜぇぇぇぇぇぇぇぇんぶ、きれいに、ばっちり、始末してあげるから！」

「……いや、だけど……」

納得できない私に、口元には笑みを浮かべたまま、グランシオがじっとりした視線を向けてきた。

「……え、何？　始末するなってこと……？　まさか、ああいう血統のイイ犬が欲しいとか言うの……？」

血統のいい犬？　……それはまさか、お貴族様とか王族様とかのこと？

色々な意味で、ぶんぶんと首を横に振る。

なんでか情緒不安定なグランシオをこれ以上刺激するのは危険だと判断し、逃亡についての相談はひとまず引っ込めた。

＊　＊　＊　＊

その後ろ姿が見えなくなるまでそっと見送った後、俺は殿下たちと一緒に己の執務室に戻った。

小さなパン屋は、魔女だった。

魔女とは、この世界に突然発生する人ならざるもの。魔術師が使う魔術とも、大神殿の神官が使う神力とも、まったく異なる理の力をその身に宿すという。

魔女の力は一人につき一つだけ。魔女が力をひけらかすことは……ほぼ、ない。ほとんどがこの世界に来てひっそりと生き、そして死んでいくと伝え聞く。

……まさか、魔女だとは思いもよらなかった。

だがパン屋が力を揮った瞬間、彼女が魔女だということが理解できた。

魔女に跪くのが正しい。

魔女の害になることは許しがたい。

魔女のために生きるのが悦び。

「…………視界に入るな、と命じられましたね…………」

アルベルトが溜息を吐く。

力で縛られた身だからこそ理解できる。効力が切れれば、魔女に対するこの感情もまた失われるだろう。そして以前の自分に戻ることができる。自分自身が、己の主だった頃に。

「ふむ。…………なんというか、便利な力だ」

レイヴェン殿下が小さく呟いた。

「人を操る方法として、主に二つの方法がある。魔術師が使う精神干渉の術、そして特殊な薬を使う方法だ」

魔術による精神干渉を行うには、今は数が少なくなってしまった魔術師が必要だ。しかし精神干渉の魔術は難しい上、対象に命令を実行させる間、常に魔術を使用することになるという。騎士でいうならば昼夜もなく常に剣を振るい続けるようなものらしく、とても現実的ではない。

特殊な薬は、それ自体が高価で手に入りにくく、調合も難しい。薬を投与した相手を言いなりにはできるが、投与し続ければその身体は薬に蝕まれる。やがて自主的に動けなくなり、廃人同様となって最後は死に至るのだそうだ。

「それらに比べれば、魔女の力は偉大ですらある。はっきり命じられたわけでもないのに、魔女に従い、魔女を最上の存在と崇めて、その望みを叶えたいと思わせる。こうして自我が残っているにもかかわらず、だ」

その言葉で、魔女を最上の存在と思っているのは自分だけではないのだと確信した。

「だが、解せぬ。何故魔女であることを隠す？　もしも私があのような力を持っていれば、国のため、兄上のために有意義に使うというのに…………」

多少強引なところはあるが、レイヴェン殿下は民を思いやる気持ちを持っている。兄である第一王子を立て、支えていこうという気概もあるし、それでいて自らが国王になろうなどという考えはまったく持っていない。
ただ、兄と国を守るためだけに力を欲している。その思いが強すぎて、今回のような事態へと繋がってしまったのだ。

二つ名持ちを野放しにする方が危険だという判断もあっただろう。それに関しては自分も危惧(きぐ)していたが、殿下があそこまで強引な手段をとるとは予想していなかったため、即座に場を収めることができなかった。

「力を持っているならば使うべきだ。それがただのパン屋でいいなどと…………くだらぬ」

「そのようなことばかり言っていると、余計に嫌われてしまいますよ、殿下」

諫めるディニアスの声に、レイヴェン殿下が身を強張(こわば)らせるのがわかった。ぷるぷると震える身体をディニアスに向け、緑の目を潤(うる)ませる。

「…………やはり、嫌われてしまったでしょうか…………？　ご、ご主人様…………」

室内の空気が凍りついた。

そうだ。殿下は魔女の怒りに触れ、ディニアスの下僕と化したのだった。そのお気持ちはどうあれ、下僕として振る舞うつもりのようだ…………

硬直するディニアスが気の毒だが、仕方がない。俺たちにはせめて見なかったふりをしてやることしかできない。ましてや、無様なほど震えた殿下の声を笑うことなど誰にもできなかった。

魔女に嫌われたら、と想像しただけで胸が痛い。痛んで軋(きし)んで締め付けられる。魔女に見捨てられる、そう考えただけで寒気がした。

「おそらくは、この場にいる全員、好まれてはいないかと……………」

アルベルトの言葉に、それぞれの口から深い溜息が吐き出される。

やがて正気を取り戻した殿下が胸の前で腕を組んで言った。

「恐ろしい力だが、扱う本人は至って無害そうだな」

彼女は〝孤児〟という立場に甘んじていた。だが後ろ盾がないというのは死活問題でもある。就職や結婚はもちろん、住居や金を借りる際なども、背後にきちんとした親、あるいは親族がいるのかどうかを確認される。〝親無し〟は信用できないという意識が根付いているのだ。

パン屋は先代の人柄もあってか、生活するのに困らないだけの稼ぎはあるようだが、孤児がパンを焼くというだけで、いくらかは客足が遠のいたはずだ。

いっそ魔女の力を使えば、有力者の庇護下に入ることもできたはず。しかし彼女はそうしなかった。

はぁ、とレイヴェン殿下が息を吐く。

「私が援助を申し出ても、断られるのだろうな……………」

自分も同じ気持ちだった。

本当ならば今すぐにでも魔女を屋敷に連れていってもてなしたい。下にも置かぬ待遇で、手ずから世話をしてやって、なんの苦労も不自由もさせないようにすべて整えてやりたい。

だが、それは叶わない。視界に入るなという、非情にして唯一与えられた命令があるからだ。

傍にいることを許されたのは、あの男だけ。

そう考えると眉間の皺が深くなった。

隣の大陸ジニアギール。〝狂刃〟は、そこで名の知れた傭兵……いや暗殺者と言ってもいい。

それは人を屠ることに長けた者に与えられる二つ名だ。

腕力だけでなく、知力にも富み、依頼によっては兵を指揮することもある。ある国から依頼を受けたときなどは、国の一個小隊を引き連れて戦場を駆け巡り、その戦乱で最も活躍したそうだ。敵国には悪鬼のような存在として語り継がれているという。

強い傭兵や暗殺者に与えられる通り名の中には、人から人へと継承されるものもあるので、〝狂刃〟もその一つなのだろう。代々受け継がれ、現在はあの男が〝狂刃〟と呼ばれているというわけだ。

赤茶色の髪をしたあの男は、明らかに自分たちより強い支配を受けていた。

魔女に踏みつけられていた姿を思い出すと、嫉妬できりきりと胸が痛む。

……自分もあのようにされたかった、などという思いは、効力が切れればなくなるはずだ。

俺にはそのような趣味はない。……………ないのだが、あの光景を目にしてしまったからか、どうしようもなく胸が焦がれる。

……いやいや、それはまずいだろう。

「彼女は、魅了の魔女なのかもしれないな」

レイヴェン殿下の言葉に頷く。確かに自分たちは今、魅了されているともいえる状態だ。

「そういえば、魔女には〝代償〟が必要だと聞き及んでいますが、彼女の〝代償〟とは何なのでしょう………」

アルベルトが思案顔で呟いた。独り言のようなそれに、意識が引きずられる。

〝代償〟となるものを差し出せば、また支配してくれるのだろうか…………

そんな考えが浮かび、即座に頭を振って追いやる。

効力が切れるまで魔女に近づけないというのは、ある意味救いでもあるのかもしれない。

そうでなければ………きっと魔女のもとへ馳せ参じ、どうかもっと支配してくれと懇願していただろう。

そのような己の姿を脳裏に描き、何度目になるかわからない深い溜息を吐いた。

ディニアスの世話を焼こうとするレイヴェン殿下については、なるべく見ないように視線を逸らす。アルベルトもそうしている。哀れな護衛騎士が助けを求めるような視線を向けてくるが、自分たちにはどうすることもできなかった。

＊　＊　＊

城の奥にある一室にて、国王陛下と第一王子のユーシウス殿下、第二王子のレイヴェン様、その護衛騎士である俺がテーブルを囲んでいた。

「では、報告にあった男は〝狂刃〟で間違いなかったのか」

「はい」

レイヴェン様の返事に、ユーシウス殿下が考え込む。

「ジニアギールから何故こちらへ…………？　しかも、パン屋だと……………？」

ユーシウス殿下が疑問に思うのも無理はないだろう。

「この国で何か悪事を企んでいるのかと思いましたが、今のところ普通に生活しています。我々の監視にも気づいているのでしょうが、こちらから仕掛けない限りは何もしてこないでしょう」

淡々と報告するレイヴェン様を、ユーシウス殿下が眉を顰めて見やる。

「配下にするのではなかったのか？」

レイヴェン様はあの男を配下に加えるつもりだった。あの男だけでなく、その下につく〝銀飾〟も〝黒飛〟も手に入れる予定だったのだ。

だが、予定外の存在がそれを阻んだ。

「残念ながら断られまして。無理強いするのはやめておきました」

肩を竦めるレイヴェン様に、ユーシウス殿下は何か言いたげな表情だったが、結局何も言わずにその胸に収めてくれた。

レイヴェン様が簡単に諦める性格でないことは熟知されているが、理由を問うても本人に話す気がない以上、口を割らないのもよくご存知だからだろう。

報告を終え、自室へ向かうレイヴェン様に付き従う。

「父上と兄上にさえ納得していただければ、ひとまず安心か。わざわざ〝狂刃〟に手を出す愚か者はいないだろうが、念のため各方面にそれとなく示しておこう」

これは、レイヴェン様なりの贖罪のようなものだ。誰もあの二人に手を出さないようにとの牽制を込めた配慮。

「だが、ジニアギールの〝狂刃〟がこの地に存在するという情報までは伏せられん。どうせならばその餌に何か面白いものが引っかかればいいがな」

実に人の悪い表情でレイヴェン様が呟く。

ジニアギールで政変があった後、こちらの大陸へ渡ってくる者は多い。その中には当然後ろ暗い過去を持つ者もいる。そのような人間が、ジニアギールで有名な〝狂刃〟の存在を知ってどう動くか。敵対するか、囲い込もうとするか。どちらにせよ、動き出せば見つけやすい。

こちらにとっては都合のいい餌だ。少し斬り合っただけだが、〝狂刃〟の強さは第二王子の護衛騎士である自分より上だった。

そう考えたときに、幼さを残す黒髪の少女の姿が脳裏をよぎった。こちらの都合に多少巻き込んでも問題あるまい。

「……魔女のことはお話しにならなかったのですね」

「当然です、ディニアス様。あのような力が公になれば面倒なことになります」

……人通りのない回廊を選んで本当によかった。

未だ魔女の力に縛られているレイヴェン様は、俺に対して下僕のような口の利き方をするのだ。先ほどのように独り言のときは普通だが、会話になると一気に下僕化してしまうため、なるべく人前では話しかけないように気を付けている。

人に聞かれなかったことに安堵していたとき、複数の人の気配が近づいてくるのを感じ取り、そちらに意識を向けた。

「レイヴェン！」

「叔父上」

現れたのは、現国王陛下の弟であるオースティン様とその付き人たちだった。

「聞いたよ。とっても強い二つ名持ちを見つけたんだって？」

「さすが叔父上。お耳が早い」

オースティン殿下は生まれつき身体が弱く、そのためか強い者や能力のある者を好む。身分にかかわらず気に入った者を傍に侍らすことを趣味としているのだ。

平民や、出自の不明な者だけならまだしも、罪人であっても良しとされている方なので、貴族から問題視されることも多い。

「レイヴェンはその二つ名持ちを配下にしないと聞いたけれど、本当かい？」

「はい。断られましたので」

レイヴェン様によく似た緑色の目を大きく瞠ると、オースティン殿下は楽しそうにくすくす笑い出した。

「レイヴェンに諦めさせるとは、なかなか手強そうだね。でも、それなら私が手を出しても構わないよね？」

「ご随意に」

オースティン殿下が満足げな表情で去っていくのに合わせて、付き人たちも動く。その様はまるで灯に先導される幽鬼のようだ。

　身分の低い者や罪人を王宮内に入れていることに不満を抱く貴族は大勢いる。そんな貴族たちに配慮し、王宮内では一言も喋らぬよう命じているのだと王弟殿下は公言していた。実際、付き人たちは一言も発することなく主に従っているが、かえって不気味だ。

　オースティン殿下は温和な方なので、レイヴェン様ほど強引な手段をとろうとはしないだろうが、魔女はまた王族に付き合わされるはめになる。黒髪の少女の泣きそうな表情を想像して、ちょっと気の毒になった。

「レイヴェン様。魔女の情報を伏せたのは、彼女を守るためですか？」

　率直に問えば、レイヴェン様は少し驚いたような表情をしたあと、フッと笑んだ。

「ご主人様、正直なことを申しますと、それだけではございません。魔女に手を出せば〝狂刃〟が阻むでしょうし、魔女自身の力も未知数です。魔女を捕らえようとして騎士や兵士が縛られたら？　あるいは民を人質にとられ、それらを先導して襲いかかられたら？　騎士や兵士がどれほど優秀でも、さすがに王国の民全員に歯向かわれれば、ひとたまりもありません。手を出さない方が双方のためだと愚考いたします」

　スラスラと並べられる言葉。ありえないと一笑に付したいが、できるはずがない。

　自分たちは一度、魔女に屈している。

　レイヴェン様は屈辱的な仕置きを受け、そのせいで俺も精神的に死にそうな目に遭っている。魔女の力に抗う術などなかった。

思考を続ける俺の前で、レイヴェン様がぷるぷる震え出した。緑色の目を潤ませ、頬を赤く染めている。

「もしも、それでご主人様に何かあったら、私は生きていける自信がありません。ご主人様のお傍で、ご主人様のお世話を焼くのが私の使命……………！」

あ、まずい。殿下に下僕っぽい何かが降臨している。

早口かつ感情のこもらない声で「よくわかりましたありがとうございます」と礼を言い、一心にこちらを見つめてくる殿下から視線を逸らす。

そこでレイヴェン様も正気に戻ったのか、一瞬居た堪れない空気が流れた。

本物の下僕でも、ここまで主に陶酔したようなセリフを吐くことはないと思う。いったい、魔女の中で下僕というのはどういう存在なのだろうか。聞きたいような、聞きたくないような………

ともかく、殿下がこのような状態になるたびに、全身を冷や汗が流れるのだ。

レイヴェン様が気を取り直したように口を開く。

「実に厄介な能力を持つ魔女だとは思いますが、放っておくのが一番でしょう」

自分もそう思う。

あの魔女は、騎士団長だけでなく第二王子までをも支配した。だというのに、命じたのは〝視界に入るな〟ということだけだ。

魔女を私利私欲で利用して、手ひどくしっぺ返しを受ける。そんな教訓めいた昔語りは、どの国にもいくつか伝わっている。

魔女は、いたずらに刺激するべき相手ではない。そう内心で頷いていると、殿下がどこか探るような目を向けてきた。

「ご主人様は、魔女の傍にいたいと願っていらっしゃいますか？」

唐突な問いに、虚を衝かれたのは一瞬のこと。

「いいえ、私が剣を捧げた主はレイヴェン様だけですから」

剣を捧げた主を見失うようなことを、二度と自分に許したくはない。そして、主に傅かれるという恐ろしい状況など、二度と経験したくない。

主は満足げににやりと口角を上げ、颯爽と歩き出した。

その後ろに付き従う。

これまでも。これからも。

六　飼い主は最後まで責任を持ちましょう

レイヴェン殿下たちの一件の後。

効力が切れたら魔女狩りされるのでは…………！　と怯(おび)えていたときもあったけれど、後日謝罪に現れたイザーク団長が、そのようなことはしないと約束してくれた。

団長は、とにかく一度グランシオを取り押さえてからレイヴェン殿下を説得するつもりだったらしい。そうとは知らず、魔女の力で縛ってしまったことは本気で申し訳なかった。土下座したい。むしろその時間に巻き戻したい。そしてあの暗黒歴史をなかったことにしたい…………………！

隷属(れいぞく)の力を揮(ふる)ったのはグランシオのとき以来だったので、本当に効力が切れるのか少し不安だったけれど、ちゃんと元に戻ってくれたようで安心した。

あのときとは状況とか色々違うって頭でわかっていても、万が一ということもあるだろうから。

『あんたは人を操(あやつ)って国を乗っ取ったりしないだろう？』

目尻に笑い皺(じわ)を刻んで、イザーク団長はそう言ってくれた。

もちろん！　私は魔女の力を悪用なんてしませんと、胸を張って言えます！

魔女狩りされなかったのも、ただのパン屋として地道に生きてきたおかげなのかな………

思わず、じーんとした。

〝隷属の魔女〟なんて不名誉で怪しげな肩書きだけど、中身は無害な小心者だってわかってくれて嬉しい…………！　細々と真面目にやってきてよかった…………‼

こうして、ベイラーパン屋は日常を取り戻したのだった。

今日はレイリアたちと一緒にパンを作っている。選んだのはロールパン。成形するのが簡単で、ふんわりくるくるな感じが可愛いから。

みんなで仲良く作業をしているうちに、最近よく来る団長さんたちの話題になり、それから先日の一件について話していたのだけれど。

「心配しなくても大丈夫だって言ったでしょ？　ちょっと頭が働くヤツなら、下手に手出しする方がヤバイって気づくから」

私の隣でパン生地をこねながら、グランシオが言った。

「あの、その言い方だと、私がものすごい危険人物みたいなんだけど…………？」

魔女狩りに遭ったらお店を捨てて逃げるしかないと、本気で悩んでいたくらいの小心者なんですが…………

顔を引きつらせる私の横で、レイリアが何やら思案していた。そして意を決したように口を開く。

「アーヤ様、私がヤってきまーす！」

「はい？」

とりあえず瞬きをしてみた。

今、無駄に元気な感じで何を言いました？

「いや、王宮に忍び込むのならば俺の方が適任だろう」

唐突にカディスが乱入。二人はどうやったら効率よく確実に王族を暗殺できるか相談し始める。

ちょっと待って！　何故暗殺するなんて話に⁉

「グランシオ様を配下にしようだなどと、ふざけた夢想をする輩は一掃すべきです」

「発想自体も気に入らないんですけどぉ、そのための手段とかも本当に陰険な感じがしてキラーイ。そういう奴らには、その矜持がどこまでもつか試してあげたくなっちゃうんですぅ」

どうやって試すの？　とか、聞いちゃダメだ…………。

平穏パン屋にこのような物騒な話題は相応しくないし、目をつけられたくないので現状維持でお願いしたいと丁寧に諭せば、仕方なさそうに二人は納得してくれた。

……発想が下僕スイッチ入ったグランシオとそっくりで、そのことにまた数字を減らされるんだよね…………なんていうか、駄犬が増殖している感じが…………。

ぶんぶんと頭を振って、その考えを頭から追い出す。

……大丈夫。大丈夫だよ。カディスもレイリアもいい子なんだ。いい子。うん。

そう自分に言い聞かせながらパン生地を麺棒で延ばしていると、グランシオのお説教が聞こえてきた。

「お前たち、ご主人を困らせるな。ご主人の望みは平穏な生活。それを脅かすようならばジニアギールに帰れ」

放任主義なグランシオにしては珍しく真面目に注意していた。

少し意外に思いながら、小さく丸めた生地を延ばして長めの滴形にする。

「ですが、危険な芽は摘んでおいた方が…………」

「そうです。王族などいつ何をしでかすかわかりません。潜伏先も知られているのですから、夜襲などかけられたら危険です」

潜伏先って、このお店のことかな…………そういう言い方されると犯罪者を匿っているような気分になってくるなぁ…………

そんなことを考えつつ手を動かす。延ばした生地を端からくるくる巻いて形を整えると、ロールパンの形になった。うん。可愛い。

話しながらチラチラ横目で見ていたレイリアが、私のを真似てロールパンを成形する。

「おそらくその心配はない。もし夜襲があったとしても撃退すればいいだけだ」

部下たちの懸念をグランシオが一蹴すれば、二人はそれ以上何も言わなかった。

私はいくつも並べたロールパンの生地に、刷毛で卵の黄身を塗っていく。

その刷毛をカディスに手渡すと、珍しくもきょとんとした彼が、戸惑いつつも同じように塗っていく。その表情がみるみる緩んでいった。わかる。楽しいよね、これ。

「ただし相手が先に動いた場合、容赦する必要は微塵もない」

その話、まだ続いてたんだ…………

グランシオの発言に、レイリアが首を傾げる。

「それは、あちらから手を出させるように仕向けよ、という指令ですか？」

……………そんな遠回しな指令は受けなくていいと思います。

内心ツッコミを入れながら、あらかじめ温めておいたオーブンに天板を入れる。

「仕向けなくていい。いざとなったら打って出る。狙うは王族の首だ。頭を取って国が機能しなくなったら、その隙（すき）に乗じて脱走する。戦（いくさ）をするのは面倒だし、そこまでする理由がない。まずはご主人の安全確保が第一だ」

あの…………私ってそんなに危険な立ち位置にいるんでしょうか？

「グ、グラン…………？　イザーク団長は何も言ってなかったから大丈夫だよ」

このまま放っておくと危険な会話が続きそうだったので横やりを入れてみる。

すると何故か琥珀（こはく）の目が鋭くなった。

「あんた、随分だんちょーさんを買っているよねぇ？」

「イザーク団長はいい人だと思うけど…………？」

私が危険な力を持つ魔女だとわかったはずなのに、団長さんやアルベルトさんは私を忌避（きひ）することも捕縛することもなく、前と同じように接してくれている。

少なくとも私は、その笑顔に偽（いつわ）りはないと感じるのだ。

「よく来ますよねぇ～」

「…………この間はお菓子を持ってきましたね」

レイリアとカディスにも二人のことは紹介済みだ。二人の言う通り、イザーク団長もアルベルトさんも見回りのついでと称して、よく顔を出してくれていた。『出先で見かけて美味（おい）しそうだったから』と手土産をくれることもある。

たぶんなんだけど、〝狂刃〟や〝魔女〟を警戒して、監視しているんだと思う。

でもレイリアとカディスからすれば、グランシオが危険人物だと思われてるっていうことだから、団長さんたちに対して悪い印象を持っているのかも。

私としては、警戒されるのは仕方ないだろうと思っている。むしろ、普段の生活ぶりを見てもらえれば、グランシオたちも私も危険じゃないってわかってもらえるんじゃないか……と、そんな期待もしていた。

使った調理器具の後片付けをしたら、パンが焼けるまでの間にお茶を淹れて休憩する。

やがて香ばしい匂いが漂い始め、そろそろかとオーブンの中を覗けば、生地がふっくら膨らんでいた。オーブンから取り出した天板に並ぶのは、表面がつやつや輝くロールパン。

「うわぁ……！」

レイリアが目をキラキラさせて歓声をあげた。

「焼き立て美味しいよ。食べてみて」

「はいっ……！」

ほかほかというよりアツアツのそれを一つ手に取って割ると、レイリアはカディスに半分渡す。

それを口に入れた二人は、ぱぁあああっと顔を輝かせた。

「おいひぃでふっ……！」

そうでしょう、そうでしょう。焼き立てパンに勝るものなし。

「これでレイリアたちの家でもロールパン焼いて食べられるね」

二人が住んでいるのは三軒隣の借家で、ここから歩いて数分という距離だけど、毎朝来るのは大変だろう。でも、やっぱり朝に焼き立てパンが食べたいときもあるよね。

「え…………あの、店長様…………？　もう来ない方がいい…………？」

不安そうな表情をするレイリアに瞬(まばた)きして、それから苦笑した。

「なんでそうなるの？　今まで通り毎日来ていいよ。夕ごはん用意して待ってるよ」

売れ残りのパンをみんなで処分……ではなくて、みんなで一緒に食べるというのに、私はすっかり慣れ切ってしまっている。それが今更なくなったら寂しい。

レイリアは、ぱっと顔を輝かせて頷(うなず)いた。年上のはずなんだけど、なんだか子供みたい。前世を含めれば中身は私の方が断然上だからかな。

思わずレイリアの頭をナデナデすると、ぽかんとされた。子供扱いしたのが嫌だったのかと思ったけれど、すぐに恥ずかしそうに笑ってくれたのでセーフだと思いたい。

………でも、そのあとグランシオを見て顔を強張(こわば)らせていたので、やっぱりアウトだったかもしれない。


それは、清々(すがすが)しい朝のことだった。

「おはよう、アーヤ…………」

店の前を掃除していたら、サンジャが大きな欠伸(あくび)をしながら歩いてきた。

「珍しいね、散歩？」

「うん、納期が迫ってた仕事をようやく終わらせたんだけど………身体が強張っちゃったから、運動と気分転換も兼ねてパン買いに来たの」

「お疲れ様、焼き立てのパンが――――」

言葉の途中で別の声が乱入してきた。

「お前がグランシオ様を誑かした女か！　幼い顔をしてなんと恐ろしい!!」

突然罵倒されたことに困惑して、目をぱちぱちさせる。

………私のこと、ですかね？

「リュート!!　本当にヤバイからやめろって！」

「放しなさい！　私はこの女に物申すのです!!」

非常に焦った様子のカディスが、見知らぬ青年を羽交い締めにしていた。

羽交い締めされている方は、カディスより年下みたい。線が細く、濃紺色の髪と目が綺麗だ。

「カディスのお友達………？」

そこで私を庇うようにサンジャが前に出てきた。

「ちょっと、この女ってアーヤのこと？　アーヤになんの用なの？」

カディスが眉間に皺を寄せ、しぶしぶ口を開く。

「………この者は、以前グランシオ様のもとで、ともに働いていた同僚です。………名をリュートと申します」

「私は！　グランシオ様を連れ戻しに来たのです！　あの方がいないと私は…………！」

そこで一旦言葉を途切れさせたリュートは、ボロボロと涙を流し始めた。

「うっ…………グランシオ様、何故私を見捨てていったのですか…………！」

「泣くなっ！」

カディスが叱責するも、一向に泣きやまないリュート。

…………すみません。初対面の方に対してなんですが、はっきり言ってドン引きです。

「まさかグランシオさんと恋仲だったとか言わないでしょうね…………」

ドスの利いた声を出すサンジャに、蒼白になったカディスがとんでもないと首を横に振る。

――――――って、恋仲!?　こここ恋人同士だったかもってこと…………!?

確かに、そう言われてもおかしくないほどの取り乱しよう…………なのかな？

ちなみに、この国は同性愛にも寛容だ。特に芸術家とかに多いとかなんとか…………

「ふぅーん。…………ごめんアーヤ、私ちょっと近所のみんなと話し合わなきゃいけないことができちゃった」

「え？　うん。わかった…………」

町内会でなんか催し物とかあったっけ？

不思議に思う私の横で、カディスが蒼白のまま口をパクパクさせていた。サンジャは意味ありげにリュートを一瞥してから、にっこり笑みを向けてくる。

「どうせこの男、一旦アーヤの家に連れていくのよね？」

「うん…………グランシオの知り合いみたいだし…………」

「そう。それならいいわ。グランシオさんの態度如何(いかん)によっては、今後の対応が変わってくるから」

なんでグランシオ？？？？　今後の対応って？？？？

謎の言葉を残し、サンジャは去っていった。

カディスはリュートの頭を小突(こづ)きながら、「お前のせいで町内の皆さんから反対されたらどうするつもりだ！」とかよくわからないことを言っている。

反対されるって何に？　カディスも同じ町内に住んでいるから、その催(もよお)し物に参加しようとしているの？

よくわからないけれど、それより今は目の前で泣いている青年の方が問題だ。

「あの…………私に用があったんですか？」

涙に濡れた濃紺色の瞳が、ギッと私を睨(にら)みつける。

「そうです。グランシオ様を、返してください！」

悲鳴じみた叫びを上げるリュート。

「グランシオ様は、私の命。私の希望。私の人生そのもの…………！　返してください。あの人がいないと、私は――――呼吸をするのも難しいっ…………！」

「ホントに何言っているんだ、お前！」

そのカディスの声が遠くに聞こえるほど、私は衝撃を受けていた。

目の前で涙を零すリュートの身体は、男性としてはちょっと細身。顔立ちだって整っているし、肌もすごく綺麗だ。指先は細くて白く、爪なんて『桜貝みたい』とか言われちゃうような感じ。

そして、この情熱的な愛の告白………………

こ………これはまさか………本当に本当の、同性愛…………!?

呆然とする私を忌々しそうに睨みつけ、リュートは咆えた。

「グランシオ様を解放しなさいっ…………………! あなたのような者に、あの方がいいように使われるなど、私は絶対に認めませんっ………………!!」

「何を勝手なこと言ってやがるテメェ」

急に横から出てきたグランシオの背中で、リュートの泣き顔が見えなくなった。

「お前の許しなどいるか」

「グ、グランシオさま…………」

探し求めていた人の登場で、リュートの声が喜びに震える。

店の前で騒ぐのもなんだったので、中に入ってもらうことにした。パンを買いに来たお客さんへの対応は、レイリアが引き受けてくれるという。

奥の部屋に入ると、カディスが申し訳なさそうに謝ってきた。

聞けば、カディスのもとへリュートが突然訪ねてきたそうだ。怒涛の質問攻めに遭ったカディスは言葉を選びつつグランシオの現状を説明したのだが、納得しないリュートによって先ほどの騒動が起きたらしい。

「申し訳ありません…………リュートは、グランシオ様を神聖視しているところがありまして…………」

「神聖視…………」

ちらりと見やった先では、喜々としてグランシオの世話を焼こうとするリュートの姿があった。

「グランシオ様、お会いできて本当に嬉しゅうございます！　このリュート、グランシオ様とお会いできる日を心待ちにしておりました」

「今すぐ帰れ。やるべき仕事があるだろう」

「グランシオ様から命じられた仕事は滞りなく終了させてまいりました！」

「あれでもまだ足りなかったか…………」

深い溜息を吐くグランシオ。いつも飄々としているというか余裕たっぷりなので、その姿はなんだか新鮮だ。

思わず見入っていると、疲れたような表情でカディスが口を開いた。

「リュートは非常に頭がよく、皆のまとめ役のようなことをしていたのですが、ご覧の通りグランシオ様が関わるとちょっとその、おかしくなるといいますか…………グランシオ様が罰をお与えになっても悦ぶし、他の者の言うことはまったく聞かないし、変に打たれ強いしで、扱いに困っているところがありまして…………」

「はぁ…………」

要するに筋金入りのドMさんが来訪した…………という認識で合ってますか？

えーと、ドＭさんがグランシオを主（あるじ）と崇（あが）めていて、そのグランシオの主（あるじ）が私で…………？

ああ、なんだこれ、混沌（カオス）だよ。こんにちは混沌（カオス）さん。さようなら平穏さん。

などと現実逃避（げんじつとうひ）をしていた私の耳に、グランシオの声が届く。

「お前たちは向こうで自由に生きて死ね」

「グランシオ様…………！　あんまりです！」

またもやリュートが涙を流すが、グランシオは眉一つ動かさず、私の方を向いた。

「ごめんねぇ、ご主人。嫌な思いしたでしょう？」

リュートへ向けるものとはまったく違う、優しい声と優しい目に、思わずどきりとした。

…………リュートがいる方向から、ものすっごく鋭い視線を感じるけど…………

「ところでご主人。カディスから聞いたんだけど、サンジャさんの前でリュートが騒いだって本当？」

「ん？　うん。そういえば、なんか近所のみんなと話し合うってサンジャが言ってたけど」

そう答えたら、グランシオの口元がひくっとした。

「…………リュート、やっぱり帰れ」

「嫌です。お傍（そば）に置いてください」

「いいから帰れ！」

力ずくではなく、あくまで口頭で説得しようとしている…………？　あの、グランシオが。

いやいや、人としてはそれで合っているんですけどね！

大分毒(どく)されているな…………私。
などと余計なことを考えて気を紛(まぎ)らわせてみるけれど、どくどくと心臓の音が速い。そして視界の数字が少し減っていた。

――――まさかグランシオさんと恋仲だったとか言わないでしょうね…………

サンジャの言葉が頭の中でぐるぐるしている。

…………やっぱり本当に、恋人同士だったとか？　いやいやいや、まさかね。

思い悩んでいるうちに、リュートが話しかけてきた。

「グランシオ様が主(あるじ)であるとおっしゃるのですから、仕方ありません。これからは私もあなたにお仕えいたします」

そんなのいりません、と言いたかったのに…………濃紺色の瞳に冷たく見据えられた私は、出かかった言葉を呑み込んだ。

それは、私を拒絶する色。

お前など認めないと、そう叫ぶ強い意思が宿っていた。

カディスたちの家に転がり込んだリュートは、毎日店にやってきて手早く雑事を片付けてくれるようになった。

ありがたいと言えなくもない状況だというのに、視界の数字は減る。その理由は明白だ。

パンを焼いているときも、洗濯しているときも、気が付くと見られている。この現状にストレスがたまらないわけがない。

「見られていると思うと、つい緊張しちゃう…………」

不注意で蹴飛ばしてしまった屑籠の中身を片付けながら、こっそり息を吐いた。睨まれているわけじゃないので、文句を言うほどじゃない。

しばらくするとリュートも気が済んだのか、観察されなくなったのでホッとしていたのだけれど。

「グランシオ様は何もせずにいてくださっていいのです。どうぞお寛ぎください」

そう言ってリュートが並べ始めたのは豪勢な料理の数々。丁寧に磨かれた食器にどう見ても高級なお肉や手の込んだスープが美しく盛り付けられ、デザートはこの辺では見かけない珍しい果物だ。

これ、カディスたちの家で作って、わざわざ運んできたのだろうか。

大変だっただろうな、と場違いな感想が浮かんだ。

対する我が家のごはんは、いつも通りお店の残り物である。昨日売れ残った角パンを切って、野菜と肉とチーズを挟んで表面をちょっと焼いただけ。それと定番の根菜を煮込んだシチュー。

リュートがちらりと私を一瞥する。

「グランシオ様には、きちんとした食生活を送っていただかないと…………」

やれやれと言わんばかりの態度に、思わず顔が引きつった。

そう――――観察を終えたリュートは、事あるごとに私に対抗してくるようになったのだ。

私が掃除をすれば、その跡をつつっと指でなぞり、無言の溜息とともにもう一度清める。

グランシオがなんらかの作業を始めれば、汗を拭うための布を手渡し、すぐに飲めるように水を用意して傍でじっと待機する。

直接何か言われたりはしないけど、リュートの態度や視線は雄弁だ。視界の数字がダイレクトにそれを反映している。

小姑だよっ！　この人、絶対小姑属性だよっ‼

「リュート、いい加減にしないか！」

カディスが怒鳴りつけるが、リュートは彼とレイリアをキッと睨みつけた。

「あなたたちこそ、私より長くグランシオ様のお傍にいながら、何をしていたのですか！　グランシオ様にこのような不便な生活をさせるなんて…………！」

不便な生活と言われて、反論はできなかった。

従業員として働いてもらっちゃっているし…………

こっそり落ち込んでいると、リュートが両手を胸の前で祈るように組んだ。その目がうっとりと潤んでいる。

「まずはグランシオ様に似つかわしい高貴な住まいが必要です。そうですね…………この国の王宮ならば及第点をつけられるでしょう。いずれあちらの仲間たちが渡ってきましたら皆で城攻めいたしますので、それまでグランシオ様にはご辛抱いただくしかないですね」

あれ。なんかちょっと話が不穏な方向に…………

この小姑、割と危険思想をお持ちではないでしょうか。

「そんなこと、グランシオ様は望んでいないわよ！」

レイリアが叱りつけてもなんのその、リュートは譲る気がなさそうだ。

「グランシオ様に相応しい城をジニアギールに建てる予定でしたが、こちらに住みたいとおっしゃるのでしたら仕方ありません。この国を拠点として、また一から始めようではありませんか」

「城などいらん。勝手なことを言うな」

「しかしグランシオ様…………」

「くどい」

きっぱり告げたグランシオは食卓に着くと、リュートの作ったものには手をつけず、私が作った残り物料理を食べ始めた。

ぺろりとすべてをお腹に収めてから、にっこりと笑う。

「ごちそうさま。今日もとっても美味しかった」

偽りなんて微塵も感じさせない笑みに、私の気持ちが少しだけ浮上した。

…………背中に突き刺さるリュートの視線を感じるけど…………

その後、配達に出かけるグランシオに「ついてくるな」と告げられたリュートは、店の片隅でひっそり座っている。その一角だけどんより空気が重くて、来店したお客さんがギョッとしていた。

やがて閉店時間になり、最後のパンを買ってくれたお客さんを見送って、軽く息を吐いた。そこへレイリアとカディスが近づいてくる。

「店長様、何かお手伝いすることはありますか？」

近頃は二人にお手伝いしてもらっている。劇団の仕事は大丈夫かな、とちょっと心配だけど、グランシオとリュートと私だけの空間はとても寒々しく、居心地が悪いので、カディスたちの存在はとてもありがたい。彼らは私の癒しだ。

「…………どうして」

小さく、低いけれど、はっきりとした声。振り向くと、リュートが恨めしげな目で私を見ていた。

「…………あなたには何も秀でたところがない。頭がいいわけでもなく、美しくもなく、機転も利かず、ただ笑ってパンを焼くことしかできない娘…………！　我々より先にグランシオ様と出会った、ただそれだけじゃないですか」

「リュート！　口が過ぎるぞ！」

カディスが怒鳴りつけるけれど、リュートの言うことは間違っていない。

私はギュッと唇を引き結んだ。

グランシオがここにいて私に優しいのは、単に私が魔女だから。そうでなければ成立しない関係。そうでなくても成立するほどのものなど、何一つ私は持っていないのだ。

私が黙っている間も、リュートの非難は止まらない。

「あなたのような人間に、グランシオ様を理解し支えることはできない。あなたは、グランシオ様に相応しくない。…………ねぇ、あなたは十年以上もの間、グランシオ様なしでも平気で生きてこれたのでしょう？」

トーンを落とし、少しだけ優しくなった声で、リュートが語りかける。

「私たちは、その間ずっとグランシオ様と一緒に生きてきました。我々には、我々にしかない絆があるんです。あなたにはこの生活がお似合いだけれど、私たちのような者には似つかわしくない。落ち着かないんですよ。こんな生活、紛い物だ。――――だから、いいでしょう？」

リュートの言葉が、無遠慮に心に踏み込んで占領していく。

「あなたには、グランシオ様は必要ない。でも私には、我々には、グランシオ様が必要なのです。何一つあの方に相応しくないこんな場所で、あの方を縛り付けて満足なのですか？　だとしたら、なんと歪で、傲慢な愛でしょう」

そう嗤っていたリュートだったが、背後からカディスに首を絞められ、引きずられるように退場していった。

残ったレイリアが心配そうにこちらを見ていたけれど、私には何かを言える余裕はなかった。

ほどなくグランシオが配達から帰ってきた。そしてレイリアから事の次第を聞くや否や、厨房にいた私のところへすっ飛んできて床に膝をつく。

「ご主人、ご主人、リュートが失礼なこと吐きやがったんだって？　ごめんねご主人、あいつサンジャさんに姿を見られているから、強引に排除したら怪しまれるかなって俺、ちょっと迷っちゃって」

縋るような目で見上げてくるグランシオ。それを見るだけで数字が減少する。

「すぐに排除するよ。だから――――」

「やめて」

遮る声が、思いのほか強く出た。琥珀色の目が大きく見開かれる。

グランシオが帰ってくるまで、私はずっと考えていた。見上げてくる強い視線を感じながら、ゆっくりとそれを言葉にする。

「あのね、トルノーさんは捕まったし、兵士さんや騎士団の人たちとも知り合えたし……魔女だって知られちゃったのは、ちょっとまずかったかもだけど……私、なんとか大丈夫だと思うの」

次々と沸き起こった問題の多くは解決し、今は言わば小休止のような状態。

生きている以上、問題というのは絶対にまた出てくる。だけど、それはそのときに私自身が立ち向かうべきことであって、誰かを犠牲にして巻き込み続ける理由はない。

目を見開いたままのグランシオを直視するのは、ちょっと辛い。

どんどん減る数字を無視して笑ってみせた。

「グランも私がいなくたって大丈夫だよね。それに魔女から遠く離れていれば、少しは自由に振舞えるでしょう？」

「そ、んなことっ……」

リュートの指摘は耳に痛かったけれど、私の目を覚ますのには十分だった。

私はいつの間にか、居心地のいい現状に浸り切ってしまっていた。

「私はグランに感謝してる。だから、グランにはグランのための人生を選んでほしい。……このまま魔女の傍にいては、あなたは魔女の力に引きずられてしまう」

「そ、れは……命令、ですか……？」

震える声での問いに、ただ微笑む。ぐっと歯を食いしばったグランシオは、一度目を伏せた後、意を決したように顔を上げた。

「………ご主人、俺は、あなたが好きだ………だから、俺を傍に置いて………！」

「………っ………」

怖いくらい真剣な琥珀色の目に射抜かれ、私は息を呑んだ。

だけどすぐに冷静になる。グランシオの言う『好き』は、これまでに何度か聞いた『可愛い』と同じ。隷属の力に引きずられているからこそ出てくる言葉なんじゃないか。

そう考えればしっくりくる。というか、私にはそれ以外考えられない。

だって、そうでなければ、どうして彼が私なんかを好きになってくれるというの？

困った顔で、ただ頭を横に振る。そんな私を見て、グランシオは目を瞠り、それから一気に悲愴を露わにした。その大きな身体が縮んだような錯覚さえ受けるほど。

「………ごしゅじん、俺を、すてる、の……………？」

彼からすれば、そうとも言えるかもしれない。

自分は小心者だ、臆病者だと言い訳しながら散々彼を利用して、問題が解決したらサヨウナラ。なんてひどい。狡い魔女。

でもね、この短い間で数字の最大値が大幅に上がったのは、グランシオがいてくれたからで、そのぶん前より少しだけ強くなったと思えるからこそ、この選択をしたのだ。

遅かれ早かれ、同じことを切り出していたと思う。

「これは命令じゃなくて、『お願い』です。グランシオ、あなたが自由に振る舞えるように、あなたが幸せになるために、どうかこれからの身の振り方を考えてください」

くしゃりと顔を歪めたグランシオは、何かに耐えるように唇を引き結ぶと、部屋から出ていった。その後ろ姿が見えなくなっても、なかなか視界の隅のカウントダウンは止まらない。

じっとしていると落ち込むので、竈の灰を一心不乱に掻き集めてみた。それが終わればまた別にやることを見つけて没頭する。

やがて日が暮れて薄暗くなってきた頃、店先を箒で掃いていた手を止め、額の汗を拭って息を吐いた。

グランシオはまだ帰ってこない。部屋に荷物があるから、それを置いてどこかへ行くなんてことはないと思うけれど……………いや、このまま帰ってこないんだとしても、それがグランシオの出した答えなら受け入れよう。

心細さを感じるなんて許されない。出ていくように勧めたくせに、と自嘲しながら店に入ると、レイリアが空いたパン籠を片付けてくれていた。

「ありがとう、レイリア」

お礼を言えば、にっこり微笑みを返してくれた。

グランシオがここから出ていったら、レイリアもカディスも一緒に行ってしまうんだろうな。そう思うと、この笑顔を見るのも少し辛い。本当に、私は勝手だ。

――――カラン。

来客を知らせる鐘が鳴り、レイリアの顔から笑みが消える。

扉の前に佇んでいたのはリュートだった。

薄暗くなりつつある店内で、俯く彼の表情は窺い知れない。無言で立ち尽くすその姿は、昼間の苛烈な態度と落差がありすぎて戸惑う。

「カディスは？　あんたを一人で寄こすなんて…………」

口を尖らせながら近寄っていったレイリアの言葉が途中で切れた。一瞬の間があった後、その身体がズルリと床に崩れ落ちる。

「レイリアっ…………!?」

伸ばした手はレイリアに届く前に捕らえられてしまう。何を、と顔を上げた先にある濃紺色の瞳からは何も読み取ることができない。

首筋にかすかな痛みを感じる。それと同時に、私の意識は闇に呑まれた。


「…………ん…………」

うっすら目を開けて、自分が床に横たわっていることに気づいた。

あれ、私どうしたんだっけ…………？　確かリュートが来て…………

記憶を手繰り寄せ、慌てて身体を起こそうとしてバランスを崩す。両腕が縄で縛られていた。

…………なんか前にもこんなことあったよね…………

こう何度も攫われるなんて思いもしなかったけれど、そんなことを言っている場合じゃない。ここはいったいどこだろう。

どうにか身体を起こして周囲を見回してみる。部屋というより広間といった方がしっくりくるくらい広かった。たくさんある大きな窓はすべてカーテンが閉め切られているけれど、いくつも灯った明かりのおかげで遠くまでよく見渡せる。

どうしてこんなところに…………？　レイリアは無事…………？

答えなんて知りようのないことを考えたり、あちこち視線を彷徨（さまよ）わせたりしてみたけれど、最終的には諦（あきら）めをもって床に目を落とした。

…………ある。間違いなく。

目が覚めた瞬間から気がついてはいたものの、見ないふりをしていた。だけどそれにも限界がある。いつまでも無視するのは無理があるほど、異彩を放っていたから。

床一面に描かれた円と、不可思議な文様（もんよう）。

前世はもちろん今世でも見たことないけど、知識としては知っている。

…………いわゆる、あれ。魔法陣、っぽい…………なぁ～…………なんて。

いや、実際この世界には魔術師っていうのがいるし、私だって一応魔女とかやっているんだから、そういうものが存在していても不思議じゃない。

ただ、これまで私の生活には一切関わってこなかっただけで。

でも魔法陣って、何か召喚したりするときに使われるんじゃ…………それには生贄（いけにえ）とかが必要で…………って、この場合、私が生贄（いけにえ）？

「…………そんなのやだぁ…………！」

「おや、意外に元気そうじゃないか」

突然響いた声に、驚いてそちらを振り返った。開いた扉から複数の人間が入ってくる。

その中の一人が穏やかに笑いかけてきた。

「ようこそ、パン屋のお嬢さん。私の名はオースティン。この国の王様の弟だよ。君が会ったことのあるレイヴェンの叔父だね」

そう言われてみれば、確かにレイヴェン殿下に似ていなくもない。それほど歳が離れていないようだから余計にそう見える。

オースティンは広間の魔法陣を満足げに確認し、用意してあった豪奢なソファに深く腰かけた。

「ここは私の離宮なんだ。手荒い招待の仕方で悪かったね。お嬢さん」

オースティンの周りに、ぞろぞろと無表情の人間が集まる。その中に見知った姿を見つけ、私は目を見開いた。

「リュート…………？」

まったくこちらを見ないリュートの表情からは、およそ意思というものが感じられない。

「あぁ、魔術で精神干渉しているから呼びかけても無駄だよ。私の声にしか反応しない。君を招待するのに使わせてもらったんだよ。〝黒飛〟でも〝銀飾〟でも誰でもよかったんだけど、彼が一番付け入る隙があったようでね」

「魔術…………」

精神干渉…………って、リュートは操られているということ？

「君に危害を加えるつもりはない。ただ、せっかくの余興だからね。見物人は多い方が楽しい。特別に君にも見せてあげよう」

子供のように無邪気に笑うオースティンを見て、ごくりと喉を鳴らした。

「…………どういうこと、ですか…………？」

「ああ、君からしたら何がなんだかわからないか。それではいけない。楽しみが半減してしまうよね」

そう言って、彼は語り始めた。

フュレインの王族に生まれたオースティンは生来病弱だった。現国王である歳の離れた兄に比べれば何もかもが劣る。そんなオースティンは、武人や魔術師といった強き者に惹かれ、やがてそれは彼らを蒐集したいという望みに変わる。

「部下としてではないよ。私が求めたのは何があっても決して逆らわず、粛々と従う存在。このために随分研究したんだ。何人もダメにしたけれど、生き残った者たちは皆すっかり私の忠実な僕。これにかけては私が第一人者と言ってもいいだろう」

だが当然、公にすることは憚られた。公にすれば自国はもちろんのこと、他国でも行動するのは難しくなる。

では、他大陸であればどうか。

大きな港を持つフュレインは、隣の大陸…………ジニアギールとの行き来が可能だった。ジニアギールではちょうど裏組織による人身売買が横行していたので、実験に使う人材も容易に手に入れられる。

オースティンは向こうに研究施設を造って薬を完成させた。そして力を持つ者を高く買い上げ、彼らの主として君臨した――

自慢するように胸を張る彼は、おそらく本当に自慢に思っているのだろう。自分よりも才能のある者たちを自由に操っていることを。

「より高みを目指した私は、私が作った薬と魔術師による精神干渉を組み合わせてみようと思い立った。知っての通り魔術師は希少でね。ジニアギールで探しまわっていたときに、〝真なる神の教徒〟という教団と接触したんだ。彼らの持論は興味深いよ。この世界のどこかで眠りにつく神こそが真なる神で、自分たちはその神を目覚めさせ、降臨させることができると信じているんだ。愉快だろう？」

「真実ですからな」

オースティンのすぐ傍に控えていた老人が応える。黒いローブに長い白髪。皺はナイフで刻まれたかのように深く、灰色の目はひどく静かだ。

「真なる神が眠りについている、という伝承は本物です。では、この大陸の大神殿に神託を授けているのは誰か？――偽物の神だ。この世界は真なる神の座を奪った偽物によって支配されている。それを正さねばなりません」

滑らかに語り出す老人を見やり、オースティンが肩を竦めた。

「この男はラジール。ジニアギールにある国の魔術師で歴史研究家でもあった。まぁ、危険思想を抱いているということで処刑されそうになり、それを私が拾ったんだけどね。彼らは何十年もかけて〝狂刃〟を作り上げた」

「…………狂、刃…………？」

なんで、そこで…………グランシオが出てくるの？

目を大きく見開く私を楽しそうに眺めて、オースティンは続ける。

「〝狂刃〟とは、呪いの剣を受け継ぐ存在のことなんだ。かの教団の者がどこからか掘り起こしてきたという剣さ。名前はなんだったか忘れたが、とにかく人を殺し続ける呪いがかかった剣でね」

「〝兇徒(きょうと)の剣〟ですよ、殿下」

「そんな名前だったか。先代の〝狂刃〟が死んで、次の使い手を探しているとラジールが言うから、それに相応(ふさわ)しい子供を与えたんだ。私のコレクションの中でも随一の子供だった。身体能力が高く、教えればなんでもすぐに吸収する。他人を信用せず、けれど利用することは厭(いと)わない。ジニアギールに数多くいる孤児の中の一人だったが、今は君の下で働いているんだってね。とても驚いたよ。不思議な縁だね？」

次々と与えられる情報に困惑ばかりが深まる。

「アレは剣を与えてすぐに自我を失ったんだ。おかげで一時はちょっと大変だったけど、匙(さじ)加減がわかったあとは従わせることができた。薬と魔術とを駆使したからか、歴代の〝狂刃〟よりもずっと長くもったんだって。国同士の戦(いくさ)に投入したり、魔獣を討伐させたり、いらなくなった商品を処分させたりして、随分たくさん殺させたっけねぇ」

商品？

脳裏に浮かんだのは、一列に並ばされた私たちと、紅の玉がついた美しい剣を持つ男。

私に振りかざされた、淡く輝く刀身の剣。

あれが、呪いの剣？

「真なる神を目覚めさせるには、偽物によって閉じられてしまった世界を内側から十分に穢す必要があるのです。さすれば、世界を浄化するために神はお目覚めになられる。幾人もの贄を捧げて、ようやく十分な力が満ちたという頃に、何故か〝狂刃〟に逃げられたのですが………あのときは本当に肝を冷やしました」

「どうやって正気に戻ったのかなぁ。今後のためにもちょっと研究したいんだけど」

「殿下」

「はいはい、わかってるよ。〝狂刃〟の居場所がわかったからにはもう待てないって君が言うから、私も力を尽くすことにしたんじゃないか」

私だって研究したいのを我慢しているんだよ、とオースティンは続ける。

「このラジールたちを呼び寄せて色々準備させていたんだけれどね、肝心の〝狂刃〟には何故か精神干渉の類が効かなくなってるから、仕方なくお嬢さんを囮にさせてもらったんだよ」

にっこりと、悪びれることなく言い放つ。その表情は生き生きとしていた。

「失敗したら、まぁ残念だけど。成功したら、真の神様とやらを特等席で見ることができるよ」

本当に、彼にとってはただの余興なんだ。時間をかけて用意した楽しい催し物。

「どうして…………放っておいてくれればいいのに…………」

泣きたい気持ちを抑えつけ、ギュッと睨みつける私に、オースティンはふっと目を細めた。

「お嬢さん。彼はとても危険な存在なんだ。君のようなお嬢さんにとっては、離れた方がいいんだよ」

グランシオが、危険な存在？

私にとって、彼はちっとも危険なんかじゃない。

危険なのはむしろ――

呆然と見上げる先に立つオースティンは、口元だけを歪めて嗤った。

「ふふ…………、こんな面白くない世界に神が存在するというなら、会ってみたいじゃないか。それに、これって誰も成したことがない偉業だろう？」

そのとき、ドォン、と遠くで地響きのような音と悲鳴が聞こえ、身体がびくりと震えた。

「おや、来たのかな？　意外に早かったね」

来たって、グランシオが？　グランシオがここに来てくれたの？

オースティンの指示を受けた二人の男が、私を陣の近くへ移動させる。陣を挟んだ向こう側には、部屋の入り口があった。

また轟音と、それから悲鳴が聞こえてくる。バタバタと走り回る忙しない足音も。

そして――

「オースティン様！」

入り口の両扉を壊すような勢いで、剣を持った護衛らしき男たちが入ってくる。

その中に紛れていた初老の男がオースティンに訴えた。

「やはり干渉の魔術も薬も効きません！　おまけに騎士たちも来ています！」

「ふぅん。昔は効いたのに、本当に不思議だよねぇ？」

それは、もしかして……………魔女の支配を受けているから？

だとしたら、魔女の力がグランシオを守っているのだろうか…………

「オースティン様っ！」

焦れたように叫ぶ初老の男に、オースティンは呆れのこもった溜息を吐く。

「落ち着きなさい。それでも私の侍従かい？　大丈夫だよ。見ていてごらん」

オースティンの周囲を固める護衛たちが、一斉に剣を構えた。

ハッと視線を巡らせれば、開け放たれた扉の向こうに佇む長身の男。手には紅玉の煌めく剣を携えている。その刀身は記憶していたものより、ずっと赤い。

琥珀色の目がまっすぐに私の存在を捉えると、引き結ばれていた唇がほころんだ。

「待たせてごめんねぇ。全部片付けて、家に帰ろう？」

当たり前のようにそう言われて、喉の奥がぐっと詰まった。彼と一緒に帰りたいと、そう望む気持ちに気づかされた。

あの大事な家に、グランと帰りたい――――

こくこく頷く私に微笑みかけたまま、グランシオが歩を進める。

まったく普段通りのグランシオだ。

物騒な剣を持たされて、たくさんの人を殺させられたというけれど、今の彼が正気を失うことはない。

だって、彼は私が支配しているのだから。


ブツッ。


————え？

グランシオと私を繋いでいた、隷属の力が消えた。

突然切れた繋がりに、混乱して理解が遅れる。

それは、あるべきものがないという感覚。自分の一部がなくなったみたいな、空中に放り出されたような、世界で一人ぼっちになったような————そんな、言いようのない不安に陥れられた。

いつの間にかラジールと同じような黒いローブの人たちが、低くて聞き取りにくい声で何かを呟き始めていた。

「〝狂刃〟を陣に押しとどめよ！」

オースティンの声が朗々と広間に響き、それまで彼の背後に控えていた数人の男女が動く。

キィンと金属がぶつかる高い音が何度も何度も響いた。

ものすごく大きな身体をした男がグランシオに斬りかかる。その男からの剣撃をいなしつつ、グランシオが首を傾けた拍子に赤茶色の髪が揺れた。

次の瞬間、グランシオの長剣が大男の身体を横に一閃していた。

上がる血しぶき。倒れる男。鈍く輝く紅玉。赤黒く色を変えていく刀身。

目の前の惨劇に、息が詰まって身体が硬直した。

グランシオは今まで、私に血を見せないように気を使ってくれていたのに。今はそんな余裕もないのだろうか。けれど、目の前で剣を振るうグランシオの顔は、見たことがないくらい愉しそうで――――不安と嫌な予感とで、ドクドクと鼓動が速まる。

「店長様」

小さく囁く声がした。驚いて振り向けば、そこにはいつの間にかカディスがいて――――その目には焦りの色が浮かんでいる。

「グランが…………！　リュートを、止めて…………！」

オースティンの言葉に従った男女の中には、リュートもいた。手に細長い針のようなものを持ち、グランシオに向かっていった。

今のグランシオなら、躊躇いなくリュートを斬り捨てるのではないか…………そう思うと怖くなる。

カディスは私の拘束を解き、ぐっと眉間に皺を寄せた。

「…………ここでお待ちください。危険ですから、どうか動かないで」

そう言い置いて、戦う集団の中へ交じっていく。

それとほぼ同時に、入り口から騎士が雪崩れ込んできた。

「パン屋っ！　これは…………………!?」

イザーク団長の声が聞こえたけれど、すぐに周囲の喧噪に紛れてしまう。

騒音と悲鳴と剣撃の音が響く中、グランシオは――――――――嗤っていた。

向かってくる相手の目を潰し、倒れた男の頭を踏み潰し、血しぶきを上げさせる。

時折その喉から出るのは意味を成さない咆哮。

目の前に障害があれば破壊する。

障害がヒトであるなら殺す。

それが楽しいと言わんばかりに、歯を剝き出しにして嗤っていた。

あんな――――――――あんな笑い方は、違う。

お店では、あんなに穏やかに笑っていたじゃない。

隷属の力のせいかもしれないけれど、でも、笑っていたんだよ。穏やかに。優しく。楽しそうに。

たまらず制止の声を声をあげようとしたとき、ラジールが叫んだ。

「見よ！」

興奮したラジールが指すのは、流れる血を吸ったかのように、紅に染まった陣。

それが徐々に光を放つ。

陣の中央付近に立つグランシオ。その足元に向かって輝きを増していく。

「おお、これは本当に成功するやもしれんな」

「オースティン様、逃げましょう！」

「そう急くな。ふむ…………ラジール、アレは正気を失っているのか？」

「あの剣は神の力が込められた神代の遺物でございます。人を殺めれば殺めるほど狂い、穢れを撒き散らすもの。剣と対になる陣で縛られたあやつに、撥ねのけられるわけがありませぬ」

それは、魔女の支配さえ及ばないという意味？

だから隷属が切れたの？　神様の力が相手だから？

突きつけられる現実に、言葉を失ってしまう。

それじゃあ、私は何もできないの？

なんの役にも立てないの？

オースティンの声、焦る老人の息づかい、護衛たちのざわめき、剣の交わる音。

興奮と熱気に溢れていたはずの広間で、不意に寒さを感じた。

吐く息が白い。

グランシオは、先ほどまでの動きが嘘みたいに、その場に立ち尽くしていた。どんよりとした琥珀色の瞳で、自分が持つ長剣と陣とを交互に見つめている。

その足元の陣から赤い靄が湧き出る。グランシオを中心に渦巻くそれは、大きな手が五指を広げたような形に変わる。まるで彼を包み込み、陣に引きずり込もうとしているかのように。

「最後の贄よ、神にその心臓を捧げるのだ！」

――――――――贄。

ラジールの言葉で、私の脳が目まぐるしく動き出した。思い出すのは昔、グランシオに殺されかけた、あのときのこと。

何者かに攫われ、檻に入れられていた私たち。それを殺そうとしたグランシオ。

さっき、オースティンたちはなんと言った？

『いらなくなった商品を処分させたりして、随分たくさん殺させたっけねぇ』

『幾人もの贄を捧げて、ようやく十分な力が満ちたという頃に、何故か〝狂刃〟に逃げられたのですが…………あのときは本当に肝を冷やしました』

私たちは、いらなくなった商品で、贄だった。

だけどラジールは、グランシオに向かって『最後の贄』と言った。

グランシオは――――グランシオも、贄なんだ。

呪われた剣。人を殺して穢れを撒き散らす。その使い手の魂も心も肉体もすべて蝕む。

あの場から逃げた私たち。追っ手がかけられていたのは、もしかして彼の方だった…………？

彼自身が、神への供物だったから。それを魔女が、横から掻っ攫ったから。

「…………ぐ、らん…………」

手が冷たい。何をどうしたらいいのかわからない。何が最善かなんてわからない。こんな状況で、先のことまで冷静に考えられるわけがない。

――――そうだ、グランシオに殺されそうになったあのときだって、たぶん私はそうだった。

他に何も考えられないくらい必死だった。

だけど、どんなに後悔するとわかっていても、たとえ何度あの瞬間に戻ったとしても、きっと私はグランシオを支配する。

――――今だって、そうしたい！

そう決意した途端、腹が据わった。スッと大きく息を吸い込むと、お腹から声を出す。

「『――――待て!!』」

巻き起こる空気。それにふらつきながらも、立ち上がる。

胸がどきどきする。自分の鼓動がうるさすぎて、周囲の音が遠い。

落ち着かなきゃ、と自分に言い聞かせる。

魔女の力を纏わせた言葉に、広間にいた人間のほとんどが動きを止めた。けれど目の前のグランシオには効いていない。きっと魔女の力より、剣と陣の力の方が強いんだ。

でも、なんとかしなきゃ。

頑張れ、私の精神力！

ぐっと腹に力を入れて、力を揮うことだけに集中する。後は全部余計だ。不安も恐怖も、そして未来のことだって。

「『この駄犬が！』」

ぴくり、とグランの身体が動く。

〝駄犬〟に反応有り。悲しい現実である。遠い目をしたくなったけれど、それもできない。

何故なら魔女モードは自動モード。勝手に口と身体が動くんですよ！

とはいえ、混乱していて何を言ったらいいのかよくわからない今の私にとっては、ある意味助かるかもしれな――

『助けに来たはずの主人を放って、何を遊んでいるのかしら！　本当にどうしようもない犬ね!!』

やっぱり助かってない!!

その口調、やぁーめぇーてぇえええええ!!

視界の数字が減っていくけれど、グランシオは琥珀色の目で私を見ているだけで、なんの反応も見せない。

その手の中の剣が、陣から湧き出る靄と呼応するように、鈍く紅く輝いた。

どくんどくんと脈打つようにも見えるそれは、何かが胎動しているかのようで――そう感じた事実にぞっとする。

脈打つたびに色を濃くし、湧き出る靄がうねっていく。

グランシオは私から視線を外すと、魅入られたように剣を見つめた。

ゆっくりと剣を持ち上げ、血に染まってなお妖しく輝く紅玉に口づける。

まるで神聖な儀式のように。

どうしよう。

ひどく焦る。

隷属の力が足りない。

代償も、力も足りない。

この程度では全然足りない。

ちゃっちい魔女の力なんかより、ずっとずっとあっちの方が強いんだ。

もっともっと、強い力で雁字搦めにしてしまわないと。

本当かどうか知らないけれど、あっちは神様系の力らしいから。

でも、私、グランシオを守らなくちゃって。

――贄になど。

そうだよ。守りたい。

――誰がさせるか。

決めたんだもの。

――たとえ、この身と引き換えになったとしても。

その瞬間、これまで以上に、ぶわっと全身から力が溢れた。溢れた力が奔流となってグランシオへと降り注ぐ。

同時に、自分の表情が更に上から目線な感じに変わる。

胸を張り、顎を上げ、相手を見下ろす。

物語に出てくる意地悪な魔女のように、傲慢で気位の高い女王みたいに、にやりとしたのが自分でわかった。

そして、くちがひらいて。

「『なんとも愚かな犬よ。そのように私から離れるなど許されると思ってか』」

へ？

「『面白い。私だけに尻尾を振るよう、念入りに躾けてやらねばならんようだな』」

は？

「『この世界でただ一人、お前だけは私のもの。それを覆すことは、誰であろうともこの私が許しはせぬ』」

ひぅ!?

「『お前は、私だけの下僕。私だけにその首を垂れ、私だけに這いつくばって尾を振り、私の声にのみ酔いしれて、私だけを守ればいい。そんなことすら忘れてしまうとは……なんとも躾のし甲斐があることよ』」

きぃいいいいいいいやぁぁあああああああ!?

な、なななななな何口走ってくれちゃってんだこの口はぁあああああああ！

どこの女王様だぁああああああ!?

そんな内心の慌てぶりが表に出ることはなく、揃えた指先を口元に当て、ころころと軽やかに笑った後、女王様はおっしゃった。

「『忘れたと言うのならば、何度でもお前を支配してやろう。そしてその愚かな頭に、その身体に、その魂に刻み付けるがいい』」

視界の数字が、これまで見たことがないほどの速度で減少している!?

「『お前の主は、お前自身ですらない。主は、この魔女ただ一人』」

死ぬ！　いろんな意味で本当に死んじゃうっ！

でも、今魔女モードを解除するわけにはっ…………………!!

いや、死ぬ気で臨んだつもりだけどっ！　けどっ！　この口が勝手にとんでもないこと言い出してっ！　無理、無理無理無理無理!!　ほんとに真面目に何言い出すかわからなすぎて怖いぃぃぃぃぃぃぃぃぃ!!

グランシオの虚ろな琥珀の目が、いつの間にか私を見ていた。

その口がぽかんと開いているのが間抜けで可愛いとか、頭の片隅で思った私は、本当にどうかしている。混乱の極みだ!!

視界の隅の数字も残りわずかになっていた。最後だからか、妙にゆっくりとカウンターが減っていく。

誰かの慈悲か偶然か、なんでもいい。だからどうか、グランシオを助けて――

「『聞け！　隷属の魔女たるこの私が、未来永劫お前を飼ってやる!!　この私に、永遠の忠誠を誓うがいい!!』」

その女王様の宣言とともに、視界の隅の数字がゼロになり――

＊　＊　＊　＊

白い空間に、しくしくと啜り泣く声が響く。

しくしくしくしくしくしくしくしく…………あまりにも延々と続くそれに、少しばかりうんざりして仕方なく声をかけた。

《まぁ、そんなに嘆かないで》

「だって！　あんまりだぁああ！　な、な、なんで、私、あんな、あんなこと口走ったんですかぁっ!!　あ、あれじゃ、ほ、本当に、じょ、女王様だぁあああああああああ!!」

魔女は涙に濡れた顔を上げて叫ぶと、また、うわぁああああああんと泣いた。

《いや、結構サマになっていたよ？》

魔女様ぁ女王様ぁーってひれ伏したくなる感じ。と続けたそれは、まったくフォローにならなかったようで、ますます泣き声が大きくなった。

《仕方ないでしょ、そういう仕様なんだし》

「仕方なくないですっ!!　本当になんなんですか、あの仕様はっ!!　ちょっとここに来てくださいっ！　姿現してくださぃぃぃぃぃぃぃぃぃっ!!」

《嫌だよ…………僕に何する気…………………？》

「だって、ひどすぎますぅっ！」

わっと魔女はまた泣き出した。
《この世界に組み込んだ術式がさぁ…………あ、呪いを感知すると魔女を発生させるっていう術式なんだけどね？》
異なる世界から呼ぶ魔女という存在。彼女たちに与える力は様々だ。
共通点としては、呪いとの相性がよく、その対抗策に成り得るもの。それでいて、悪用を防ぐため、魔女本人にとっては利益がないもの。その中でも〝隷属の力〟は、特に強い。他者を支配できる力は、使い方次第で国を滅ぼすことだってできる。
しかし、それを与えられたのは平穏を望む魔女。哀れなほど己の力に怯え、できれば使わないでおきたいと心底望む魔女なのだ。
《今回は人じゃなくって、剣っていう無機物に呪いがかかってたから、感知できなかったみたいで。いやぁ、今まで術式の自動感知に頼り切ってたからさぁ。気づいたときには大分呪いが進行してて、慌てて術式発動させたんだよねぇ。あんなに慌てたのは久々だ。ちょっと新鮮だったな。はははははは》
「適当！　適当すぎます！」
こうやってキイキイ喚くけれど、今までの魔女と比べると段違いに謙虚だ。神様相手だからと一応敬語を使ってくれる彼女に、うっかり感動しそうになる。
《ともかく、今回は助かったよ。ありがとうね》
「うう…………もういいです。ここにいるってことは、私死んだんですよね…………？　今度こそ普通の人生を歩みたいので、記憶とかまっさらにして一般人(モブ)でお願いします…………」

ぐったり首(こうべ)を垂れている魔女。

その姿は疲れ果て、すべての力を使い切ったかのような様子であった。

まぁ実際、ほとんどその通りなのだけど――

《あー、君、死んでないから》

「…………………は？」

顔を上げた彼女は、ひどく狼狽していた。

「でも、だって、数字が…………？」

《死ぬ直前で君の魂をこの空間に呼んだだけなんだよ。数字はかろうじてゼロにはなってない。あの後、第二騎士団の本隊が突入してきて王弟とその配下は捕らえられたよ。君の身体は、君の下僕が後生大事(ごしょうだいじ)に抱えている。君が彼に隷属(れいぞく)の力を揮(ふる)ったのは二度目になるけど、今回も成功したよ。彼、そりゃもう大喜びで了承したからね》

見えない尻尾を振っているのが見えた気がしたよ、と告げたら、魔女は涙目でふるふるし始めた。

「や…………まさか…………」

《あのままだと確実に君は死んでいたんだけどさぁ。僕ってば慈悲(じひ)深いから助けてあげたんだよ》

本来ならあの世界への介入などできないのだが、穢(けが)れているとはいえ陣から湧き出ていたのは神力だ。その神力により、一時的にあの部屋を神域に近づけていたことが幸いした。ついでにお礼も言えたし、結果的にいいこと尽くめだ。

《安心して！　ちゃんと元の場所に戻してあげるからね！》

「ふみゃあああああ！　嫌ですぅううう！」

このまま死なせてくださぁぁぁぁいぃぃぃぃぃぃぃぃぃぃ!!　という絶叫の余韻を響かせる魔女に、ちょっぴり心が痛んだ。ほんのちょっぴりだけど。

《それにしても、眠っているアレを起こそうとするとか、本当にやめてほしいなぁ…………そりゃあ、〝真なる神〟で間違いないけどさ》

遠い昔、神々が争った際に自分が受けた穢れ。かろうじて穢れていなかった部分で再構築したのが今の自分で、穢れを受けたもう半分の自分は、あの世界で浄化が終わるのを待ちながら眠り続けている。もし穢れたまま目覚めれば、アレは災いを撒き散らすただの邪神。そうならぬよう、アレを刺激する穢れや呪いをあの手この手で排除しているのだが。

《それにしても、まさか呪いが無機物に宿るとはね》

遠い過去に自分に敗れ、封じられた他の神々。それらが時折思い出したかのように呪いを生み出すのだ。これまでは人にしか宿らなかったというのに、今後はもっと注意を払うべきか。

どうにか無事に事が収まって本当によかった。急ごしらえの魔女だったが、呪い保持者との相性も悪くないみたいだし。

《魔女の力って、基本的にお互いの了承あってこそ成功するものなんだよね》

魔女は覚えていないみたいだけど、最初に出会ったとき彼に了承させているのだ。無我夢中で揮った力は奔流となって彼に向かい、心が壊れかけだった彼は魔女の下僕になることを了承した。

魔女の庇護下に入らねば死ぬと、本能的に理解しての行動だったのかもしれないし、何か別の要因があったのかもしれないが、それは自分のあずかり知らぬこと。

魔女が望み、相手が了承する。

それが魔女の力の正しい在り方。

正しい手順を踏んだからこそ、隷属の力の効果は切れなかった。

あの魔女は、あまりにも己の力に無頓着…………いや、怖いのかな。隷属の力の真なる部分について深く考えないようにしている節がある。知ることがなければ使うこともないだろう、と無意識に回避しているようだ。

怯えて、怖がって、それでも結局使わずにはいられない。そんな自分にまた絶望する。そういう彼女だからこそ魔女に選んだのだ。

＊　＊　＊　＊

この世界において、魔女は異物だ。

――――ここは私の世界じゃない。だけどもう戻れない。

魔女として発生したとき私の心の中には、こんな場所は嫌だという思いや、元の世界に帰りたいと嘆き続ける部分が確かにあった。

だけどそれは、こちらの世界の人間を…………グランシオを支配したあの瞬間、落ち着いた。

本当なら、時間をかけて努力しなければならない。この世界の人と交わり、会話して、徐々に馴染んでいく。そうやって繋がるべきところを、魔女の力で早々に完結させてしまったのだ。

己を異物たらしめているその力で。

――一人じゃない。

私は、もうこの世界で一人ぼっちじゃない。この先、何があってもだ。人に裏切られても、責められても、否定されても、もう大丈夫。

絶対に自分を裏切らない、責めない、否定しない。そんな存在を手に入れた。家族でも友人でも恋人でもなんでもないのに、なんの関係も築いていないのに、手に入れてしまった。

ただ、力を揮っただけで――

ずっと、自分に与えられた魔女の力が怖かった。とても弱くて矮小な私は、とうの昔にその力で人を縛って安心していたくせに。

いや、だからこそ、きっと恐ろしかったのだ。

自分がこの力を簡単に揮えると、知っていたから怖かった。

弱くてあさましい自分は、この世界で初めて縛り付けた存在を支配することで、グランシオを私のものにすることで、心の平穏を享受した――と、いう話なのだ。

……………そんな事実に気づきたくなかったよぉおおおお！

グランシオを再度隷属させるための〝代償〟は、その事実を思い出すことだった。

私が今まで忘れていた、まさしく本物の暗黒歴史。

私の心の奥底にあった、真っ黒でどろどろの醜い心。

当時、朦朧とした中でやらかしてしまった罪深い行為。

忘れていた暗黒歴史を脳みその奥から引きずり出され、ムリヤリ見せつけられた。

更に、超がつくほど上から目線で『お前を手放してたまるものか、更なる忠誠を誓え（要約）』

などと執着じみたセリフを言わされるという…………なんという羞恥プレイ…………

う…………うふふ…………

罪悪感と羞恥で死んでもおかしくないはずなのに、私はまだ生きています…………

うふ、ふふふふふ…………

それもこれもみんな、あの神様のせいだぁあああぁぁあぁあ！

このまま、ずっと眠っていたい。…………むしろ死にたい。

そんな願いもむなしく、起きたくないのに意識は浮上していった。


重たい瞼を開けると、琥珀色の瞳とぶつかった。その目が大きく見開かれる。

「…………っ、ご、しゅじ、…………よか、た…………！」

くしゃくしゃに顔を歪めるグランシオに驚きはしたけれど、それよりも彼が元に戻ったという安堵の方がずっと大きかった。

魔女の力でグランシオを縛っているのがわかる。そのことに、ものすごく安心する自分がいる。

「ごめんね、ご主人。怖い思いさせせて。俺…………」

「ううん。グランのせいじゃないよ…………」

そう言うと、グランシオが少し落ち着きを取り戻した。彼の手を借りて身体を起こす。

私が横たわっていたのは先ほどと同じ広間の隅だった。隅なのは、忙しなく行き交う騎士たちの邪魔をしないためだろうか。その中には、部下に何やら指示しているイザーク団長の姿もあった。

「騎士団の奴らが突入してきてさ、ご主人を攫った連中は連行されたよ」

「そっか…………」

そういえば、夢の中で神様のような人がそんなこと言っていた気が…………あれはただの夢だったのかな。それとも――――――――？

「ご主人…………」

考え込んでいる私のごく近くで、そう呼びかけるグランシオ。その声から滲み出るものは――――

「俺、ご主人のモノでいていいんだよね…………？」

ぞぞっと背筋に悪寒が走った。

バッと顔を向ければ、そこにはうっとりした表情のグランシオが。口元は笑っているのに、細められた目の奥には真剣な光が宿っている。

…………なんか怖い。よくわからないけど、すっごく怖い。

口元を引きつらせる私に構わず、グランシオは続ける。

「未来永劫、ご主人が俺を飼ってくれるなんて、本当に夢みたいっ…………」

ひぃいいいいいっ！　わ、忘れてた!!　そんなこと口走ったりしてましたね!?

「グ、グラン、あの、あれはなんていうか――――」

「安心して。俺はご主人だけのものだよ。もう絶対に離れないからね！」

ぐっと言葉を呑み込む。

心の奥底に沈めていたはずの、自分でさえ知らなかった本心が脳裏を掠めた。罪悪感と居た堪れなさと申し訳なさと…………色々な感情がせめぎ合う。

「俺にはご主人が必要なの！　あの剣を抜きにしてもね」

剣――――呪いがかけられているというそれは、グランシオの傍らに無造作に置かれていた。血にまみれてはいるけれど、その刀身は白く、紅玉だったはずの石も、色を失っていた。

「…………呪い、消えたの…………？」

そうだといいなと期待を込めて口にしたら、「たぶん違うんじゃないかな」とグランは言う。

「集めた穢れを使い切っただけでしょ。本質は変わらない。実はこれ、ずっと手放すことができなかったんだー。どこに置いてっても、いつの間にか戻ってきてさぁ。まさか呪いの剣だったとはねー」

どう考えても呪われてるよね、それ!?　もっと前に疑問を持とうよ!!

いや、問題はそっちじゃなくて、今も変わらずグランシオが剣の所有者であるということだ。普通は落ち込むか、あるいは絶望するだろう。

決して、満面の笑みを向けてくるような場面じゃないよね!?

「ご主人、俺、あんたがいないと正気じゃなくなっちゃうみたい」

「そ………う、だね？」

思い返して頷く。どう贔屓目に見ても狂戦士というか、ただの殺人マシーンだった…………

そう答えた私に対し、グランは「うふふふふふふ」と不気味な笑い声をあげる。

「嬉しいなぁ。まるでこの世のすべてが、俺とご主人を結び付けようとしているみたいだよね！」

………そんな、世界は二人を中心に回っているみたいな言い方されても………この場合、結び付けているのは物騒な呪いなんですけど…………!?

顔を引きつらせる私に構うことなく、興奮気味な犬は目をキラキラさせている。

「優しいご主人は、こんな可哀想な俺のこと見捨てたりしないでしょ？　ずぅっと傍に置いて、死ぬまで一緒にいてくれるよね？」

目の前にぶら下げられたのは、もう既に結果として支配下にある彼の、隷属続行を望む意思。魔女の力で彼を縛ってしまった私への赦し――

グランシオと隷属の力で繋がっている。その事実は、ずっと私の心の奥底を温めてくれていた。この世界で一人ぼっちだという気持ちに、寄り添ってくれていた。

――それに気づいてしまう前なら、手放すこともできたかもしれないのに。

「パン屋」

声をかけられ、ハッとそちらを見れば、重々しい表情のイザーク団長がいた。

「一応、緘口令を布いたが………これだけの人数だ。お前が魔女であることは隠し通せないだろう」

そっと視線を巡らせれば、その場にいる騎士たちが作業しつつもこちらを窺っていた。

私がグランシオを再度隷属させるのにほとんどの力を使ったためか、下僕化はしていないようで、普通に動いているし喋ってもいる。

「仕方ない、ですね」

畏怖されても、忌み嫌われても。もう隠せないのならば開き直るしかない。

「パン屋。お前は、なんでも言うことを聞く下僕が欲しかったのか？」

そう問いかけられ、私はゆるゆると頭を横に振った。

「いいえ。…………ただ…………この世界で、誰かと繋がっていたかっただけです。そのときの私にとれる手段が、一つしかなかっただけで…………」

そう。本当は。

「本当は、普通に誰かと繋がって、自分の居場所ができれば、きっとそれでよかった…………そんな簡単な、当たり前のことが、私には、できなくて…………すみません…………………」

自分が情けなくなって、泣き笑いみたいな表情でイザーク団長を見上げた。

本当は私だって、こんな力なんて使わずに済むなら、その方がずっとよかった。

イザーク団長は深く頷くと、私の前に跪き、優しく私の手を取った。

「パン屋…………いや、魔女。そんな顔をするな。繋がりを得たいのであれば、俺がこの身を捧げよう」

痛ましいものでも見るような目で私を見つめた団長は――――あの、今なんて言いました？

聞き違いかな？　と首を傾げた私の目の前で、横から出てきた手がバシッと団長の手を撥ねのける。

「やぁーっぱりね！　…………最初っから気に食わなかったんだよなぁ、アンタのこと」

わざとらしいほど明るい口調とは裏腹に、グランシオの背後に怒気の幻が見えた…………気がした。それをまったく意に介した様子のないイザーク団長は、まっすぐ私を見つめてくる。

「繋がりさえ持てれば、あなたの憂いは消えるのだろう？　ならば俺は喜んで下僕にでもなんでもなろう」

は？　ええええええ!?　憂いとか、もうないですけど！

何を突然言い出したの!?

「ご主人には俺がいるからいいんだよ！」

「お前には聞いていない。大きな声では言えないが、実は前回命令されたときのことを思い出すたびに、妙な悦びを覚えて――――」

「はあああああ!?」

団長さんが、とんでもないカミングアウトしてきた!!　周りの騎士さんにも聞こえてますよね!?　みんな驚いた顔してますよ!?

何これ…………ま、まさか隷属の力で団長さんの新たな扉を開けちゃったとか…………？

魔女の力はドM製造機かっっ！　いらないでしょそんな機能!!

「団長！」

騒ぎを聞きつけたのか、駆け寄ってきたアルベルトさんにホッとする。

団長さんが、こんな場所でとんでもないこと言い出して、注目を集めているんです！　助けてください!!

この場をうまく収めてくれるに違いない、と期待を込めて見上げたら…………アルベルトさんは、にっこり微笑んで言った。

「抜け駆けとはひどいですね、団長」

「おい」

嫌そうな表情のイザーク団長。その脇をすり抜け、アルベルトさんが跪(ひざまず)く。

「あなたが繋がりを欲しているのであれば、私もこの身を捧げましょう」

ひぃいいいいいいいい！

やめて！　周囲の視線が突き刺さるんですけど！

視界の端でどんどん減っていく数字。

目の前で跪(ひざまず)く騎士様二人。

真横で異様な怒りオーラを放つ駄犬。

唖然(あぜん)とした表情で私たちを見守る周囲の人々。

確かに私は隷属(れいぞく)の魔女だけど、下僕なんて、下僕なんてぇぇぇぇぇぇ！

「グランでっ…………！　グランだけで十分なんですっ…………！　これ以上は、本当にいりませんっ!!」

私は頑張って叫んだ。そりゃもう必死で、大声で叫びました。

途端に隣から、ぎゅむっと抱きつかれる。

「ご主人っ………！　嬉しい！　俺もご主人だけだからねっ!!」

キラキラと琥珀色の目を輝かせたグランシオが嬉しそうに微笑んできた。かと思えば、表情を一変させて団長たちを睨みつける。

「へっ、ご主人は多頭飼いも血統書付きも趣味じゃねぇーんだよ。犬は俺だけで十分！」

グランシオの言葉に顔を顰めたイザーク団長と、苦笑気味のアルベルトさんが立ち上がる。団長がバサッとマントを翻し、そして視線だけをこちらに向けた。

「まぁ、今は引こう。先に後始末をせねばならんからな」

「そういえば、先発隊が数人〝待て〟を喰らったんでしたね。放置すればアーヤさんのもとに押しかける可能性があるのでは？」

「ひとまず牢に押し込んでおけ。話し合いで落ち着くならいいが、そうでないならぶちのめすか、そういうサービス専門の娼館に――」

なんだかよくわからない相談をしつつ、部下に指示して場を収める二人。それを呆然と眺めていたら、グランシオが低く笑った。

「あいつら、ご主人は誰彼構わず魔女の力を揮うような真似しないんだって、周囲に示してくれたんじゃない？　噂が先行して恐怖心を抱かれると面倒だからねー」

……そ、そっか………そこまで考えての発言だったんだ…………？

ドM発言にどん引きしてしまって申し訳ないと思うし、本気にして半泣きになった自分が恥ずかしい…………

「あ、あとで謝ってくる…………」

そう言ったら、またグランシオが低く笑った。

笑い、というか、唸る…………みたいな…………？

「…………ああいうヤツらが、一度ご主人の味を知っちゃったらしつこいんだよねぇ…………あはは、始末したーい。ご主人が謝る必要なんてないと思うけど、行くときは一人で行ったりしないでね？　絶対だよ？」

こくこく頷けば、にやりと笑みが深まった。

「俺のご主人ってば、ほんっと、目が離せないんだからぁ…………」

何故か一際低くなった声音に、背筋をぞくぞくしたものが走る。

慄いているうちに、イザーク団長から帰宅許可が出された。『今回の件は王族が関わっていることから、すべて内々で処理されるかもしれない』とも言われたけど、正直それはどうでもよい。

血や汗の臭いが立ち込め、異様な熱気の残る場所から連れ出される。外はもう真っ暗で、足に力が入らない私は、いつかと同じように抱っこされていた。

「後始末させるためだけにあいつらを呼んだのに、これを機にご主人に侍りたいとか、なんて強欲なんだ。ありえねぇ。警戒態勢整えなきゃ」

あれは周囲を牽制するための詭弁だと言ったのはグランシオなのに、気に食わないとブツブツ文句を言っている。鼻の頭に皺が寄っているから、よっぽどお怒りのようだ。

「……カディスたち、大丈夫かな……？」

今になってようやく心に余裕が生まれ、彼らの無事が気になって問えば、「詰め所に連行される前に、リュート連れて脱出したから大丈夫だよ」と教えられた。

グランシオから伝わってくるぬくもりで、自分の身体が冷えていたことに気づく。握り続けていた拳をそっと開くと、指がかすかに震えていた。

強張る手を握ったり開いたりしているうちに、店まで辿り着いてホッとする。

ベイラー夫妻との思い出の詰まったこのパン屋は、どんなときだって私を慰めてくれるのだ。

二人ともボロボロでよれよれで、グランシオに至っては血だらけだ。まずは汚れを落とそうと、お風呂を沸かして順番に入った。

疲れた…………

あまりにもたくさんのことが起きたせいで、何もかもが限界。

ベッドにもぐり込んで目を瞑ると、新たな暗黒歴史を刻んだことへの後悔やら羞恥やらに襲われた。けれど、それもやがて過ぎ去り、いつの間にか眠りに落ちていた。

＊　＊　＊　＊

レイリアとともに借家に戻ってきた俺は、質素な寝台の脇にある椅子に腰を下ろしていた。

「……グランシオ、様………、申し訳………」

寝台に横たわるリュートの顔色は悪い。精神干渉を受けた影響か、薬の後遺症か、苦しげにうわ言を繰り返していた。

魔術師に操られ、アーヤ様を攫ったリュート。魔術師は数が少なく滅多に遭遇することがないため、不意を衝かれたのかもしれない。だが、そんなものは理由にならないのだ。グランシオ様の主君に害を為すなどありえないし、あってはならない。

数時間前――――アーヤ様に暴言を吐いたリュートに『しばらく頭を冷やせ』と告げて、この部屋へ押し込めた。しかしリュートは部屋から抜け出し、気づいた俺が急いで店へ向かうと、レイリアが床に倒れていたのだ。

その場には手紙が残されていた。それが罠だと理解していても、アーヤ様を奪われたグランシオ様が冷静になれるはずなどなく。

押し入ったその先で乱戦となり、突然グランシオ様が暴走した。だがリュートを確保するだけで精一杯だった俺たちに、すべてを把握することなど叶わなかった。

すべてが過ぎ去ってから理解できたのは、アーヤ様が魔女であったという事実のみ。

あの場にいた俺たちも支配を受けたはずだが、この身に残るのは酩酊にも似た多幸感の欠片。

うなされるリュートを一瞥し、憐憫の息を吐き出す。グランシオ様がアーヤ様に別離を告げられたという、あの時のことを思い出した。

『ご主人………ご主人……ああ……、本当になんて真面目で可愛いご主人………』

うっとりと呟き、自身を抱きしめて身もだえるグランシオ様。無駄口を好まない人だったのに、その口から漏れるのは甘すぎるセリフばかり。

『ご主人はずぅぅっと、考えて考えて考え抜いて、俺を手放すと決めたんだ』

自分が不在の間、あの頭も胸も全部自分のことでいっぱいだったのだ、とグランシオ様は喜ぶ。

『必死に自分を奮い立たせようとするあの姿…………目なんか潤んじゃって…………可愛いなぁ、ご主人。他の誰かが見てたら目ん玉くり抜いちゃうところだ』

見てなくてよかったねぇ、と話しかけられた気がしたので、黙って頷いておいた。

『く、ふふ…………俺に自由を、人生を取り戻してほしいんだって。そんなの、考える価値すらないのにねぇ――――――』

そこで言葉を切ったグランシオ様が、ドスンと椅子に座った。

『…………あーあ、ご主人妬いてくれるかなーとか、俺に泣きついてくれるかなーとか、もしかしたら縛り上げてくれるかなぁーとか、色々欲出したのが悪かったのかなぁ。ご主人の真面目さを甘く見てた…………あぁ、でも尊い…………あの健気さ…………もう！　ご主人ってば、どれだけ俺を乱せば気が済むの…………………！』

さぁて、どうやってご主人を説得しようかなぁと、くつくつ笑う。その愉しそうな様子に、今ならば尋ねてもいいかと口を開いた。

『…………グランシオ様、そのためにリュートを野放しに…………………？』

『んー？　すぐに片付けて近所からいらぬ疑いをかけられたら困るってのもあったけど…………ご

主人がどんな反応するのか確かめたくて』

くくく、と喉を鳴らすグランシオ様は、本当にアーヤ様のことしか頭にない。

『リュートはどうされますか』

『ジニアギールに帰せ』

はっきりと告げられた命に、ただ頭を下げた。

グランシオ様の主君に無礼を働いたのだ。その処分としては寛大に過ぎるが、リュートの振る舞いを黙認していたのは他でもないグランシオ様である。

アーヤ様とのやり取りで、一応の満足を得たらしいグランシオ様。その機嫌は悪くない。アーヤ様に前言を撤回させるための手段を講じるのも、それを実行するのも、すべてが楽しくて仕方がないのだろう。

リュートが下手な動きをしてグランシオ様の怒りを買う前に、さっさと船に乗せてしまおうと考えていたのだが………その間にリュートは消え、今回の騒動へと繋がっていった――

苦しそうに横たわるリュートを見下ろす。

愚かだとは思うが、グランシオ様を思う気持ちはわからなくもない。

配下に加わった者たちの中でも年少組に入るリュートは、物心つく頃からずっとグランシオ様に憧憬を抱いていた。

本当はリュートだって理解していたはずだ。ともに過ごした年月の中で一度も見たことのない、グランシオ様の幸せそうな姿。それこそ一目見ただけで、どれほどアーヤ様を大事にしているのかわかっていたはずなのだ。

『アーヤ様は命令なんかなさらないわ。ただ普通にお願いするだけで、あのグランシオ様を動かせるのよ。アーヤ様はグランシオ様にとって特別なの』

レイリアにそう告げられても、リュートはアーヤ様に対する態度を改めなかった。…………いや、改められなかった。

『グランシオ様の、あの冷たい目に熱がこもる姿なんてっ…………！　見たくなかったけど、見たらもう我慢できなくなったんだ！』

部屋に押し込める前、どうしても自分を止められなかったと叫んだリュート。おそらくリュートは、俺やレイリアが最初に受けた衝撃よりも、ずっと強く深い衝撃を受けたのだろう。

グランシオ様は、アーヤ様が表情をくるくる変える姿を見るのがお好きだ。お二人が出会った頃、アーヤ様は表情のない人形のようだったそうで、そのときとは違う感情豊かな様子が嬉しくてたまらないらしい。

振り回されるアーヤ様がちょっとだけお気の毒に思えるが。

俺たちの同僚のうち、特に外の人間たちから『幹部』と称されるような面々は、それぞれに実力があり、そして多かれ少なかれグランシオ様に心酔していた。

たぶんそれは、他に心を向ける相手がいなかったから。

俺がそこまで傾倒しなくて済んだのは、レイリアの存在があったからかもしれない。そうでなければ、きっとリュートたちと同じようになっていた。グランシオ様を自分たちの王に据えて、その足元に控えることを至上の喜びとしただろう。身内だけで固めた強固な砦の中で、濃密で誰にも邪魔されない繋がりを得ただろう。

ただ一人の王に仕えることだけに喜びを見出す。

それが緩やかに侵食する呪いのように、王を孤独へと追いやるのだと気づくこともなく。

魔女様の傍で幸せそうに顔を緩める姿を見て、グランシオ様も一人の人間であるということに…………当たり前のその事実に気づいた。

あの方は配下など元々欲していなかったのに、自分たちはいつの頃からか傍にいることを当然だと考えた。勝手に依存して、本人が望んでいない立場に据えようとしたのだ。

リュートの言葉を借りれば、それこそ歪で、傲慢な愛だろう。

ジニアギールにいたときのグランシオ様は、本当に何に対しても無関心だった。そんな方が、愛しい人を見つけて幸せだというのなら、それを全力でお守りするのが本当の忠誠だと俺は思う。

「…………グラ……オ、さま…………」

うなされるリュートの汗を拭いてやる。おそらく、今回の件でリュートが処分されることはない。

結果としてアーヤ様が無傷だったことと、グランシオ様が望む方向に話が進んだことが幸いした。

目覚めたリュートの心境がどう変化するか確認するため、しばらく監視は必要だが。

…………とりあえず、他の同僚たちまでこちらへ押しかけてこないよう、仕事の命令書をリュートに持たせることにしよう。グランシオ様の直筆で。

敬愛する主の幸せを守るため、俺は心に決めるのだった。

＊　＊　＊　＊

平凡なパン屋に、キラキラしい王族様がやってきた。

あの一件以来、久々に会ったレイヴェン殿下だ。

曰く、王弟殿下は王宮で療養させることになったそうです。表向きは療養だけど、裏では監視付きで人体にいい薬を開発させるらしいです。

「叔父上は、色々と複雑な立場の方だったのだ。父王の暗殺に関係しているのではないかと疑われてな。兄王が即位する際には、また害を為すのではと危惧する貴族も多かった。その一方で、国の現状に不満を持つ貴族が叔父上を担ぎ出そうとすることもあった」

実際のところ、オースティンは父王の暗殺などに関与していなかったが、薬学に通じ研究を重ねていたことで疑いを濃くしてしまう。

現状に不満を持つ貴族たちに囲まれ、そのせいで更に危険視されて兄王から遠ざけられた。たった一人の兄から切り離された彼は、いつしか異才を持つ者たちを蒐集し、彼らを侍らせるようになったという。

「ラジールのような邪教徒たちと通じていたとなっては、貴族どころか大神殿にも睨まれるからな。もう叔父上を利用しようという者はいなくなるだろう。あそこを敵に回すと色々と厄介なのだ。だが叔父上も今回のことで醜い政権争いから解放されて、今後は心安らかに過ごすことができるだろう」

………大神殿って、そんなに怖いところなのかな………？

いつか行ってみたいと思っていたけれど、やっぱりやめておこう。

ラジールたちは大神殿に送られて厳しい処分を受けるらしい。

前の世界でも、宗教にまつわる争い事はあった。誰にも迷惑をかけなければ、何を信じていてもいいだろうにって私は思っていたけれど………

長い足を優雅に組み、一目で高級とわかるカップでお茶を飲むレイヴェン殿下。当然我が家ものではなく、すべてディニアスさんが準備したものだ。護衛というより侍従のような手際のよさである。

「うちは平民向けの店なんで、殿下のような身分のある方に居座られると、商売にならないんですけどねぇー」

にこにこしながらグランシオが毒を吐いた。

レイヴェン殿下はそれを横目にふんと鼻を鳴らす。

「おい店主、この店は客を威嚇する犬を飼っているのか？　それこそ商売の邪魔だな。よければ私が引き取ろう」

「殿下」

ディニアスさんに諌めるように名を呼ばれ、レイヴェン殿下は面白くなさそうに口を噤んだ。

その様子がちょっとおかしくて思わず笑うと、じろりと睨まれてしまう。

「…………呑気に笑っているが、お前が魔女の力を使ったせいで大変だったのだぞ」

そうだった。大勢の前で魔女の力を使ってしまったため、私が魔女だということがバレている。

ちなみに、レイリアとカディスは何故か大喜び。

『さすがは店長様です！』と謎の称賛をし、その後は何かにつけて『魔女様！　魔女様！』と呼んで私の数字を減らしにかかってくる。

悪気がまったくないとわかるだけに、無下にはしにくい…………

そのように周囲が騒ぐため、近所のみんなにも魔女だということを説明するしかなくなった。

恐々とカミングアウトすると『あー、なるほどねぇ』と軽く納得されたけど。

理由を聞いてみたら、なんとなく変だな、くらいには感じ取っていたらしい。はっきりとした理由はなくて、感覚として、らしいけれど。

…………本当によくわからないな、この世界。

サンジャやヤミンからは、いったいなんの魔女なのかと質問されたけれど、それだけは絶対に教えるつもりがないため、沈黙でもって答えました。

ところが、横からグランシオが『パン屋の魔女ですよ』としゃしゃり出てきたので、すっかりパン屋の魔女で定着してしまったのだ。

あの…………〝隷属の魔女〟もひどいけど、〝パン屋の魔女〟って…………なんとなく物悲しいものがあるんですが…………

「叔父上やあの場にいた者たちまで、お前の下僕になりたいなどと言い出したときは参った。それを宥めるのに、どれほど苦労したことか…………」

ちょっと遠い目になっていた私は、レイヴェン殿下の発言で現実に戻された。

「は？」

「叔父上は国王陛下に懇願していた。『薬や魔術で支配するなど愚にもつかないことをした。自分の矮小さに笑うしかない。本当の支配とは、あのように魂の底からの強い繋がりであるべきなのだ。私はずっとそれが欲しかった。どうしてもあれが欲しい。だからどうか魔女の下僕になることを許してほしい』――――――と」

そんな重苦しい下僕志願者とか本当にいりません！

グランシオからひやりとした怒気が漂ってきたせいか、ディニアスさんがわずかに動いてレイヴェン殿下を庇うように立った。

「王族が魔女の下僕になることなど許されん。国王陛下………父上は、叔父上を複雑な立場に追いやってしまったせいだと気に病んでおられた。今回の件で叔父上を取り巻く貴族どもから切り離すことができたので、今後は良好な関係を築きたいとおっしゃってな。叔父上は………愛情に飢えているだけだ………父上はそれを実感したと項垂れていたから、今後は家族として親密な関係を築いていくだろう。そうすれば、おそらく、きっと、魔女の下僕になりたいなどと言わなくなると思う………是非そうあってほしいものだが………」

お、王様、頑張ってっ！　とにかく頑張ってくださいっ!!

深々と溜息を吐くレイヴェン殿下は、一気に老け込んだように見える。

……もしかしなくても、国王様とかに私の事とか聞かれたりしたよね？

でも私が呼び出されたりしてないってことは、レイヴェン殿下が色々動いてくれたとか？

なんだか申し訳なく思えたので、おやつの時間に食べようとしていた渦巻きジャムパンをそっと差し出す。

「…………これは？」

「あの、甘いパンです。お疲れのようなので…………」

本当は、チョコレートクリームやピーナッツバターで作りたかったのだけれど、この世界にそんなものはないので、ジャムで代用して作ってみた。

レイヴェン殿下はしげしげとパンを見つめた後、手に取ってぱくりと口にする。

むしゃむしゃしているうちに緑色の目が輝き始めたので、どうやら口に合ったみたいだ。それどころか「土産としてもっと寄こせ」と言ってくる。

「叔父上が蒐集していた優秀な者たちについては、正式に城で雇い入れることにしたので国としては損失がない。むしろ希少な魔術師が多かったからな。おまけに長らく支配下にいたため叔父上に代わる主を求めている。多少治療を要する者もいるが、次期国王となる兄上に心酔するよう仕向けているところだ」

殿下は悪い笑顔でそんなことを言った。

……………駄犬希望者を引き取ってくれるのであれば、私はなんの文句もありません。

そんなこんなで『パン屋の魔女』という異名がついたけれど、思ったより平穏な生活を送ることができている。

そんなある日のこと――

「その、次の夏に、レリックと結婚することになったの…………」

頬をバラ色に染めたヤミンに報告され、一瞬、理解が遅れた。ちゃんと理解した途端、一気に沸き起こる喜び。

「うわぁ！　そうなの!?　おめでとうっ…………！」

ヤミンとレリック、結婚するんだぁ！

頬を染めたまま照れるヤミンに、それを見てにこにこしているサンジャ。

詳しく話を聞きたい！　と身を乗り出したとき、カラン、と来客を知らせる鐘の音が鳴った。

「あ、お客さんだ。ちょっと待ってて！」

厨房のテーブルで二人を待たせ、店先に出る。入ってきたのは道具屋のおばさんだ。

「聞いたわよ、アーヤちゃん。おめでとう！」

「…………？　ありがとうございます？」

謎の祝辞に、反射的にお礼を言ってしまった。首を傾げながら友人たちのところへ戻る。

それからも不思議なことは続いた。次々と顔を出しては「めでたいな」とか「楽しみだな」とか告げていくご近所さんたち。普段はお嫁さんに買い物を任せている鍛冶屋のご隠居さんまでいた。

さすがに何かおかしいと思いながら、サンジャとヤミンが座るテーブルに戻る。そんな私に、サンジャが悪戯（いたずら）っぽく流し目を送ってきた。

「アーヤからも、ちゃんと報告聞きたいわね」

「報告？」

「そうよ、どうせ色々聞かれたら恥ずかしいからって黙ってたんでしょう？」

私だってちゃんと報告したんだから、アーヤもしなさい！　とヤミンが訴えてくる。

私が戸惑っているのをどう思ったのか、サンジャが仕方ないなぁという表情で苦笑した。

「グランシオさんと結婚するんでしょう？　いつまでも恥ずかしがって隠していたら、準備ができないじゃないの」

な　ん　で　す　と　⁉

衝撃のあまり口をぱくぱくさせていたら、裏で作業をしていたはずのグランシオが顔を出した。

「すみませんサンジャさん、実はまだ正式な申し込みをしていないんです。だからまだ皆さんにお話しできる段階じゃないと思っているのでは………」

ちょっと照れたような表情でグランシオが言えば、指先を口元に当てたサンジャが納得したように頷（うなず）いた。

「あら、そうなのね。確かにアーヤの性格なら、はっきりしてからじゃないと人に話したりしないわよね。それじゃ、私たちはこの辺で帰ろうかしら」

「そうね！　早く二人きりにしてあげなきゃね！」

二人は勢いよく席を立ち、呆然とする私の耳に「今度詳しく聞かせてね」と囁（ささや）いて出ていく。カララン、と扉が閉まる音が鳴り、楽しげなサンジャとヤミンの声が徐々に遠ざかっていった。

「今日はもう閉店にしたからねー」

グランシオの言葉で、ハッと我に返る。

エプロンを外そうとしているグランシオに、あわあわしながら詰め寄った。

「ぐぐぐぐらん？　ななんかさっき、変なこと言ってませんでした………？」

「何その変な言葉遣い………」

ふふふ、と笑ってないで、是非ともマトモな返事をください。

そう願っていた私の前に、グランシオが膝をついた。両手を掬い取られ、まっすぐな琥珀色の目で見つめられる。

「――――ベイラー家のアーヤさん、俺と結婚してください」

私の口から、ひえ、と変な声が出た。

「だって、ご主人は俺を一生飼ってくれるんでしょ？」

「う、うん………？　それは、確かに、言った………かも？」

「これから飼い犬志願者が大量に湧き出るだろうからね。それを排除するのに忙しくなると思って、急いで手順を踏んだのに、ご主人ったらひどい！」

「てじゅん………」

「そ。あんたを大事に思ってるご近所の人たちに挨拶に行って、結婚の申し込みをする許しをもらってきたの」

この国じゃ当たり前のことでしょ？　と確認され、戸惑いながらも頷いた。

この世界の結婚は、本人たちの気持ちだけでは成立しない。だから確かに、手順を踏んだといえる。親代わりだったベイラー夫妻がいないからといって、それをスルーすることなく、これまで見守ってくれたご近所の方々に許しを得る。そう考えてくれたのは素直に嬉しい気がする。

この世界における正式なプロポーズのやり方だ。それを耳にしたときは、ふーんと思っただけだけど…………いざ自分がその立場になってみたら、逃げ道を塞がれたみたいに感じてしまうのは、私に元の世界の記憶があるせいなのかな⁉

いや、落ち着け、論点はそこじゃない…………！

「グラン、け、結婚なんてしなくても一緒にいられるでしょう…………⁉」

私がもっともなことを口にした途端、グランシオの顔から表情が抜け落ちた。

「…………一度は俺を捨てようとしたじゃない…………」

ひいいいいいいいいっ⁉

根に持っている⁉　あのときのこと、トラウマレベルで根に持っているの⁉

一気にごそっと減った数字に慄く。

私が怯えた顔をしたためか、グランシオがにこっと明るく微笑んだ。

「色々考えて、結婚するのが一番いいって結論が出たんだけどね」

一人で考えず、是非私にも相談してほしかった…………！　今更言っても無駄っぽいから言わないけど！

「でもさぁ、俺の気持ち伝えても、ご主人は信じられないみたいだからさ、魔女の力を使って、俺の本心を聞いて？」

「はぁああ⁉」

とんでもないことを言い出した駄犬に、思わず叫んでしまう。

隷属の力を使えって？　ついこの間、盛大にやらかしちゃって猛省している私には、ちょっと抵抗があるというか無理があるというかハードル高いというか…………！

「あ、でも全部言わせるんじゃなくって、ほどほどにって命令しといた方がいいかも。俺は全部聞かせてもいいんだけどぉ、ご主人にはまだちょっと早いかなぁって」

早い遅いって、何が⁉　今関係ある話⁉

「〝命令〟してくれないと、イタズラしちゃうかも？」

「ひぅえっ⁉」

イタズラって何？　と聞き返す間もなく駄犬の顔が近づいてきて――――待て、まてマテ待て待って待って待ってぇえええ⁉

「だ…………だだだだだ、『駄犬よ、お前の心情を適度に吐き出して私を楽しませろ‼』」

また勝手に口が…………！　『グランの本心をほどほどに聞かせて！』って思っただけなのに！

焦る私に構わず、グランシオはにっこりと微笑んだ。

「はい」

ごくりと、自分の喉が鳴る。

「ご主人可愛い。最高に可愛い。ご主人に支配されるの好きだな。もちろんご主人自身もだいすき！　ご主人にまた会えてよかったー。ちょっと抜けてるとこもいいよね。ほんわか笑顔とか最高だから。一緒に暮らせて嬉しい。可愛すぎて悪い虫がつかないか心配で、まめに害虫駆除に勤しんでいるんだよ！　褒めて褒めて！」

か、可愛い⁉

む、虫？　パン屋に虫が⁉　それは由々しき問題だ！

堰を切ったように吐き出された内容に、私の頭の中は混乱状態である。

「もう成人してるってわかってるけど、見た目が幼いのがちょっとねー。たぶん俺、犯罪者に見えちゃうんじゃないかな。あ、でも俺個人としては何も問題ないから安心して。ただ、やっぱり色々するとなると体格差が心配なんだよねぇ……ご主人に泣かれるかもと思うと胸が痛いけど、いっぱい啼かせたい気もするしー」

えええ！　グラン、私のこと泣かせたいの⁉

やっぱり私、嫌われて…………⁉

「あー、でもご主人にだったら俺が啼かされてもぜんっぜんいい！　むしろ啼きたいかも」

ポッと赤くした頬を両手で挟んだグランシオが、うっとりした表情で続ける。

「ご主人からだと何されても嬉しくなっちゃうんだよね…………踏まれたときなんてサイコーすぎて、ホント、色々困っちゃった…………！」

ちょ、待って、ドM的な発言に聞こえるんだけど本気ですか？　それはやっぱり隷属の力の副産物とかですか⁉

………………やめて！　そんな恍惚とした目で見ないで！　舌出さない！　舌なめずりしない！

ガンガン数字減っているから！

耐え切れず、魔女モードを解除した。

しんと静まり返る室内。肩で息をしていると、耳元にグランシオの唇が。

「ね、ご主人」

「ひぅあっ⁉」

かかかかか、掠った！　今、唇が耳に掠りませんでした⁉

琥珀色の目が私の顔を間近で覗き込んでいた。

「ご主人への俺の気持ち、わかってくれた？」

「わわわ、わかったけど、ちょっと近…………………」

「俺、これまでご主人の忠実な犬だったでしょ？　これからもずぅっとご主人だけに忠実でいるよ。でもね、俺、今とぉーっても欲しいご褒美があるんだぁ」

「ごごごごごご褒美…………⁉」

グランシオの近さに、自分が汗だくなことが気になった。恥ずかしさのあまり彼の言葉を繰り返すだけの私に、目の前の獣は実に美しい笑みを零す。

「うん。俺、ご褒美にご主人が欲しいなぁ。大事にするからちょーだいね？」

爛々(らんらん)と輝く瞳に見据えられ、思わず硬直する。

目、目が逸(そ)らせないっ…………！　な、なんか逸(そ)らしたらマズイ気がっ…………！

「ほほほほほ欲しいって…………!?」

「具体的に言うとー、朝起きて一緒にごはん食べて常に一緒に行動して夜は一緒のベッドで寝るのー」

耳から入った言葉を理解した瞬間、ボンッと音がしそうなくらい頭が沸騰(ふっとう)した。絶対に真っ赤になっている私の顔を、グランシオが嬉しそうに見下ろしてくる。

「うんうん。ご主人はちょっと鈍(にぶ)いから、はっきり言っておかなきゃねー。俺はご主人のこと、一人の女の人として好きなの。式は後でもいいけど、とりあえず既成事実が欲しいなぁ。飼い犬志願者が増えたら、その対応が面倒だから。匂いつけはマーキングの基本でしょ？」

匂い付けって比喩(ひゆ)だよね？　そうだよね？　そうだよね？　そうだと言って！

一瞬、意識が遠のきかけたけれど、伸びてきた手に捕まって現実に引き戻される。

その手を見つめたグランシオが長い睫毛(まつげ)を伏せた。

「俺も、あんたに触れるの、もう躊躇(ためら)わないから…………」

それは本当に小さな、だけど自嘲するような声。

どこか切なげにも聞こえるその声に、つられるように目を上げると、琥珀(こはく)色の目とぶつかった。

そこにはもう自嘲の影など微塵(みじん)もなく。

「返品不可だけど、受け取ってくれるよね？」

って、言われても困る…………！

そんなすぐ色々決められないぃぃっ…………………………！

涙目で硬直している私を見て、グランシオは「うーん」と首を傾げた。

「それじゃご主人、すぐ結婚するのと、ちょっと時間置くのと、どっちがいーい？」

突如与えられた逃げ道は、暗闇に射した一筋の光明に思えた。

「ちょ、ちょっと時間置く方で!!」

咄嗟に答えた私に、グランシオは「ご主人様のお望みのままに」とにっこり。

やけにあっさり引き下がられ、今までのやり取りはすべて夢だったのかもしれない、などと考えていた私に、グランシオは「じゃ、婚約期間ってことで！」と朗らかに告げてきた。

…………あれ？　それって結果は何も変わらないのでは…………？

そう気づいた私に、グランシオは満面の笑みを向けてくる。

「どうぞ末永く可愛がってね。俺のご主人様」

――――この日、孤児で行き遅れ確実だった私に、婚約者ができたのでした。

＊　＊　＊

強大な力を持ち、他者を支配することができる魔女は、小さな店の平凡なパン屋となった。

店先に並ぶパンは大層美味で、珍しいパンも売られることから評判になった。有名な歌姫がそこのパンを好んでいるという噂や、実は歌姫の生家なのだという噂、時折王族が忍んで通うなどという噂もある。

客は途絶えることがなかったが、同じくらい騒ぎも絶えなかった。

パンを買い占めようとする貴族が出たり、突然やってきた異国の青年がパン屋に宣戦布告したり、明らかに王侯貴族であろう男が魔女に縋りついたり。そのことで当時の国王が直々に謝罪したという話すらある。そのたびに魔女の夫が魔女を守るために奮闘したが、魔女のパン屋は常に騒動の元だった。

彼女がどのような力を持つ魔女なのかは、ほとんど知られていない。

普段は実に大人しいというパン屋の魔女だが、時々彼女の前に男たちが跪き、説教や折檻を受ける姿が目撃されている。

折檻される男たちは皆一様に顔を紅潮させ、内心は怒っているだろうと思われたが、魔女には一切逆らわなかったという。

その様子は人々の目にとても恐ろしいものに映った。やはり魔女は恐ろしい、魔女を怒らせるのだけはやめた方がいい、と人々は噂し合った。

いつの時代、どこの国にも、魔女を怒らせるとひどい目に遭うという話はある。パン屋の魔女についても、

『かの魔女が手の内を明かすことはない。恐ろしく、誰もが逆らえぬ魔女。かの魔女の本性は誰も知らぬ。知ったときにはもう遅い。魔女の手から逃れる術はなし。フュレインの狡猾な魔女に近づ

くな』
などという謳い文句とともに、決して怒らせてはならない魔女の一人として伝えられるようになる。
だが当然、そのような未来など知る由もない魔女は、今日もせっせとパンを並べて開店の準備をする。
琥珀色の目をした自称忠犬、時々駄犬、そして魔女にとっては大切な存在を傍らに従えて、大事な思い出の詰まった場所で、日々新しい思い出を刻みながら、今日も魔女はパンを焼くのだ。

番外編　自分の言葉で伝えたい

それは、私に婚約者ができて、しばらく経ったある日のこと――


私は店番をレイリアに頼んでサンジャの家にやってきた。

サンジャの家は、奥が家具職人である旦那さんの工房になっていて、時折トントンと木に釘を打ち付ける音が聞こえてくる。

「久しぶりよね、アーヤがうちに来るの」

ベイラー夫妻がいたときは、よくサンジャの家でも集まっていたのだ。

でも私が一人でパン屋をやるようになってからは、サンジャとヤミンがお茶をしに来てくれるようになった。

「それで、どうしたの？」

サンジャに促（うなが）され、私はお茶の入ったカップを手に持ったまま俯（うつむ）く。

「その…………、私と、グランの、ことなんだけど…………………」

「ああ、そういえば結婚はいつ頃にするの？」

ズズイッと身を乗り出され、ちょっと仰（の）け反（ぞ）ってしまった。

「いや、あの、グランとは…………やっぱり別に結婚とかしなくても、いいんじゃないかなぁって…………」

ここ最近、私の頭を悩ませている問題。それを口にすると、サンジャに笑顔のままグニッとほっぺをつねられた。

「痛っ！　いひゃいよ!!」

「あんたって子は、なんだってそう後ろ向きなの？」

すぐに手を離してくれたけど、ほっぺがひりひりする。そこを両手で撫でながらサンジャを見れば、口を尖らせて怒っていた。

「いったい何に悩んでいるの？」

そう問われて、私はまた俯いてしまう。

魔女の力を使ってまで吐露させた（正確には吐露するように仕向けられた）グランシオの本音。

それはもう間違いなく本心だと、わかった。理解できた。

グランシオは結婚をいつまでだって待つと言ってくれて、実際に急かすこともなく前と変わらぬ態度でいてくれる。

…………だけどね？　それはそれで引け目を感じるというか、不満も言わずににこにこしていてくれることに、罪悪感が湧いてしまうというか…………………!!

私の話を聞いたサンジャが、どことなく呆れたような眼差しを向けてくる。

「ほんと、変に真面目で頑固なんだから…………まぁ、アーヤらしいけど。でも別に、相手と同じだけの気持ちがなきゃいけないってことはないでしょ？」

この世界では、親が決めた相手と結婚することが多い。一緒に暮らし始めてから愛情を育むというこどもあるんだろう。

私も、それを理解してはいるんだけど……………

本当に不安なのは、自分の気持ち。

グランシオと通じてこの世界と繋がったから、彼を手放せないと思ってしまっていた私。

…………でもそれって、ただの依存じゃないかな。

まっすぐに私を好きだと言ってくれるグランシオに対して、なんだか申し訳ない。

どんなカップルでもお互いの好意がまったく同じとは限らない、絶対にどちらか一方がより相手を好きなのだ、という話は前世で聞いたことがあるけれど、でもお互いへの気持ちが恋愛感情である、という大前提はクリアしていないといけないと思うのですよ。

好きか嫌いかと聞かれれば好きだと答えられるけれど、それは家族に対する感情と同じであるような気がする。

それ以上の〝好き〟って、どういう気持ちだったっけ？

私はグランシオを、そういう意味で好きなの？

答えは出なくて堂々巡り。そうしているうちに、婚約者なんて立場のまま待たせ続けることが申し訳なくなってきたのだ。

俯いていた私の頭をサンジャが優しく撫でてくれる。昔から、泣いたり困ったりしていると、サンジャはこうして慰めてくれた。

「大丈夫よ。アーヤの気持ちが固まるまで、グランシオさんは待っていてくれるわ。だから、アーヤはとことん自分の気持ちに向き合ってみなさい」

「……………うん」

結婚なんて自分には縁がないものだと思っていたから、降って湧いた今の状況に戸惑っている。でもだからといって、このままでいいわけがない。

「ありがとう。私、ちゃんと向き合ってみる」

「うん。そうしなさい。こっちはこっちで、ちゃんとどういうことか確認しておくから。…………ここまで来て押しが足りないとか、何考えてるのかしら…………アーヤを不安にさせるだなんて…………」

「え？　今、なんて言ったの？」

「なんでもないわ」

最後の方がよく聞き取れなくて、もう一度聞こうとしたのだけれど、サンジャはふんわり笑うばかりだった。


よし、サンジャのアドバイスに従って、なるべくグランシオに向き合おう！

…………だけど、向き合うって、具体的にはどうすればいいのかな？

考えれば考えるほど難しいことに思えてきて、我ながら挙動不審になってしまった。

グランシオの動きにいちいちビクッとするし、近くにいると妙に意識して緊張する。小さな失敗を繰り返し、それを見られて顔が赤くなる。以前は全然気にならなかったのに、お風呂上がりとかに会うのが気恥ずかしくてコソコソしてしまう――

あれ？　向き合うつもりだったのに、なんか逃げまわっているような気が………

自分のダメさ加減に落ち込んでいたある日、グランシオが町内会の集まりに出かけていった。

「はぁ………」

肩を落として店番をしていると、入り口の鐘が鳴る。

入ってきたのは久しぶりに見る人物だった。

「リュート！」

「ご無沙汰しております」

リュートがスッと頭を下げる。ずっと寝込んでいるとレイリアから聞いていたので驚いた。

「身体、もう大丈夫なの？」

私の問いに片方の眉を上げたリュートが「問題ありません」と返事をした。よかった。

「あなたは、魔女だったのですね」

唐突にそう切り出すリュートの表情からは、何が言いたいのか想像できない。でも違うとも言えないので、ただ頷く。

「………そう………ですか」

小さく呟いたリュートは、何やら考え込んでいた。そこに小姑の面影はない。病み上がりだからだろうか。

やはり家で休んだ方が……と提案しようとしたとき、再び彼が口を開いた。

「その力を、グランシオ様のために使う気はありませんか」

「え？」

脈絡のない提案に何も言えないでいると、私をまっすぐ見つめてリュートが畳みかける。

「あの方は王に相応しい方だと思っています。あの方を王と崇める人間だけを集めた国……それを創るのが私の夢。しかし、国とは多種多様な人間が集まるもの。そして人は欲によって変わるものです」

けれど魔女の力で支配してしまえば、その国の民すべてを従わせることができれば、誰もが平等で幸福な生活を送れる――

「まさしく理想の国です……！」

熱弁をふるうリュートには悪いけれど、私の想像力では斜めに王冠かぶった駄犬の姿しか思い浮かばない。国とか民とかほっぽって、『ご主人、ご主人』と尻尾を振り、『お座り！』と命じても五分と経たないうちに玉座を空にしてついてくる。それを臣下とかが毎日追いかけてくるのだ。何そその追いかけっこ。私抜きでやってほしい。

……自分の想像にげんなりして、また数字が減った。

それ以前に、国中を支配するとなったら、どれだけの〝代償〟を支払うことになるの？　絶対やだ。というか無理。

それだけでなく、グランシオがまた『飼い犬志願者が増える！』って騒ぐだろう。そんなのいるわけないと言っても聞かないし、あの駄犬は！

「ごめんなさい。それはできません」

様々な事情から判断して、ひどく冷静な気持ちでお断りした。

「…………」

「…………」

しばし睨み合うが、ここは譲れない。

小心者の私ではあるけれど、最もやりたくないことをやった上で面倒極まりない結果しか待っていない未来など、断固として拒否させていただきたい。

「…………申し分のない力を持つ魔女ならば、グランシオ様の隣に立たせることも考えなくはないのに…………これじゃ、謝ることも…………」

小さな声で聞き取りにくいけど、ブツブツと不満を口にしているみたいだ。

でも、なんか今、ちょっとだけ、リュートとのやり取りで引っかかることがあった。

私、魔女である自分への拒否感が、前より薄れている…………？

前は力を使うって想像しただけで数字が減ったし、何より拭いきれない嫌悪感のようなものがあったのに。

精神的に強くなったからかな？

「…………あ、そっか」

本当に唐突に、私は気づいた。

すとんと自分の中で落ち着いたら、居ても立ってもいられなくなる。

「店番、お願いっ！」

「え？　ちょっと！」

驚くリュートを残して駆け出した。

＊　＊　＊

酒場の奥にある集会所には、町内の年寄りを中心に結構な人数が集まっていた。

ご主人って本当に愛されているなぁ…………まぁ当たり前だけど！　でも一番大事に思っているのは俺だけどね！

パン屋に住みつくようになってすぐの頃にも、この集会所へ連れてこられた。健気にも一人でパン屋を切り盛りしてきた小さな娘。その保護者となる俺の人となりを確認したかったらしい面々により質問攻めに遭ったのだ。

俺の大切な主人を幼い頃から見守っていると自負する者たちが、保護者役、ひいては未来の夫として俺が相応しいかどうか、事あるごとに相談しているのは知っている。亡くなったベイラー夫妻が、これらの面々といい関係を築いていたのだろう。

こちらとしても下手に斬り捨てるわけにもいかないから、常に冷静かつ穏やかに接している。要は化かし合いだ。

　こうしたことは得てして時間がかかるものだ。ああ、邪魔者はすべて斬って捨てられた昔が懐かしい。あの頃は、周り全部が敵だったから楽だった。今はそうもいかないが、それもまた楽しいと思える。だってご主人のためだからね！

「――――それでは、グランシオ君はあくまでアーヤを妻にするつもり、ということでいいのかな？」

　集会の長ともいうべき人物（実際はこの食堂の経営者なだけだが）が、にこやかに口を開く。

「もちろんです。その気持ちに変わりはありません」

「そうよねぇ、わざわざ私たちに結婚の申し込みをする許しをもらうために、頭を下げてまわっていたものねぇ」

　酒屋の女将が歳に似合わぬ流し目を向けてくる。

「そのときアーヤとも想いは通じ合っているからって言ってたけど、どうやら違ってたみたいよ？」

「あらやだ、そうなのぉ？　それって、ちょっと独りよがりねぇ」

　女性陣の会話を聞いて、男どもの目が険しくなる。

　当然、その程度で自分の笑みは崩れない。

「お恥ずかしいことですが…………『ずっと一緒にいる』と約束してもらったのを、少々勘違いしてしまったようで…………嬉しさのあまり舞い上がり、先走って皆様に結婚の許しをいただきに行ってしまいました」

そこで目を伏せれば、突き刺さっていた視線がいくつか和らいだ。

「ちょ、気の毒…………」

「アーヤなら言いかねんな…………」

主に男たちから同情めいた声もある。ご主人が大事に思うだけあって、基本的には気のいい連中だ。

「突然の求婚に驚かせてしまったようですが、本人の気持ちがきちんと固まるまで婚約期間を設けました。焦らずゆっくり待つつもりです。当然、無理強いなどしません」

誠実に見えるよう意識して話せば、周囲の者たちは黙り込む。

あの娘を託すのに相応しくない、と思われてしまってはダメだ。俺のことが少しでも気に入らなければ、早急に他の男を宛がうつもりだということくらい理解している。

まぁ、もしもそうなった場合は、こちらも誠実な保護者の皮など脱ぎ捨てて、大事な主人を手中にする心づもりはあるけれど。

ただ、あの優しくも隙だらけでちょっと気の弱い主人には、本人の望み通りなるべく平穏に過ごしてほしいと思っている。せめてあの小さなパン屋を続けていってほしいと、そう願っているのだ。

目を伏せ、思い出すのは魔女との邂逅。

振りかざした剣を一閃する直前、向けられた力の奔流。

魔女の下僕となることで俺は正気を取り戻したが、同時にそれまで感じたことのない幸福に似た何かに酔いしれていた。

魔女にひれ伏し、すべてを捧げるということは、すべてを委ね、許されることでもあった。疑う余地など欠片もない絶対的な安堵。それがどれほどのものかなど、きっと誰にもわからない。存在することすら知らなかった境地へと無防備に至らされた俺は、以降、ただひたすらに魔女の願いを叶えることに固執した。

魔女が『怖い』と言うなら、すべてを薙ぎ払った。『助けて』と言うなら、この世のすべてから隠して大切に守った。もっと明確に、例えば『国が欲しい』とでも言ってくれたなら、どんな手を使ってでも魔女を玉座につかせ、自分はその傍に侍っただろう。

けれど、彼女が心から望んだのは、当時の俺では到底叶えられないものだった。

父や母や友がいて、日々働き、支え合い、笑って暮らす――

ちっぽけな魔女の望みは、それまで自分がいた世界とはあまりにもかけ離れていた。まるで夢物語のようなその望みに、途方に暮れた。

しつこい追っ手を殺しながら、よくよく考えた末、彼女を船に乗せて逃がすことにした。薬に蝕まれた彼女を治療する必要もあったが、何より彼女が抱く望みには似つかわしくないと思ったのだ。

雪と争いに満ちた大地も、薄汚れた俺自身も。

海を隔てた豊かな大陸に腕のいい医師がいると聞き、彼女を治療費とともに運び屋に託した。自分はこちら側で追っ手を食い止め、遠くから彼女の幸せを祈るのが正しい道だと――平穏を望む彼女のためにも、血に濡れた自分は傍にいない方がいいと、信じていたからだ。

――魔女の慟哭を感じ取るまでは。

放っておくことなどできるわけがなく、何があったのかと医者を訪ねれば、そのような患者は知らぬという。ならばと運び屋を探し出して問えば、預けた金欲しさに彼女を海へ落としたと――怒りで目の前が真っ赤に染まった。

下手に接触して彼女を煩わせたくないと我慢していた自分も、魔女の存在を感じ取れるが故にその身が無事だと信じていた自分も、何もかもが愚かしい。

それから、何年も彼女の居場所を探して――ようやく見つけた魔女は、優しい人間たちに囲まれて、かつて彼女が望んだ通りの日々を送っていた。

柔らかな笑みを浮かべ、くるくると忙しくも楽しそうに過ごす姿を見たときの衝撃といったら……今でも当時の心境を表す言葉は見つからない。

自分の知らない彼女がいる。今の彼女のことを、もっと知りたい――湧き上がる渇望を抑えることなどとてもできなかった。

長い月日を経て、自分も少し変わった。この手が汚れているのは変わりないが、多少なりとも場を弁えるということを知った。今なら、穏やかな彼女の望みに寄り添うことも可能だろう。

主人が不快だというのなら、そのときは身を引けばよい。新たな思い出を胸に抱き、また遠くから見守ればいいのだと、そう思っていたはずなのに。

髪型を真似て「お揃い」と口にしたとき、己の言葉にくすぐったくなった。

優しい彼女相手に、どこまで近づくことが許されるのかをじわじわと確かめているうちに、自力では這い上がることもできない深みに嵌ってしまっていた。

本当に、いつからだろう。彼女の色んな表情を見たいだけでなく、独り占めしたいと思うようになったのは。許しを請わずともその手に触れる権利が欲しいと願うようになったのは。

それは決して下僕が抱いていいような望みではない。

そうと理解していても、狂おしいまでに焦がれるばかりだった。

「……………お気持ちはわかったわ。グランシオさん」

にっこりと微笑んだサンジャの言葉に、俺は少し目を細める。

おっとりして見えるが、主人を妹のように思っているこの女は要注意だ。逆に言うと、この女さえ納得させれば他の者を落とすのは容易い。

婚約者の立場で待つことに、俺はまったく不満はない。

大好きな主人の傍にいられるし、周囲への牽制にもなる。ついでに、こちらを男として意識する主人を堪能できるのだからいいこと尽くしだ。

なんの約束もなく別れた過去に比べれば、どうということはない。

飼い犬志願者を蹴散らし、二日と空けずやってくる騎士どもを威嚇する日々は、奴らが国境付近に現れた魔獣の討伐に赴いたことで一旦終結した。そのまま魔獣に喰われてしまえと心底思うが、そううまくはいかないだろう。だが、戻ってきた奴らの前に婚約者として立ち塞がってやるつもりだ。泣きっ面を拝むのが待ち遠しい。

そんな内心はまったく表に出さず、俺は人の好さそうな表情を作り続ける。

「でもね、私たちはアーヤの気持ちが最優先なの。あの子がもしもこの先、あなたとやっていけないと言ったら、あなたは諦めてくれるのかしら？」

ご主人を、諦める？

しんと静まり返った部屋の中、誰もが自分に注目していた。

「――――それは――――」

口先で相手を騙して丸め込み、都合のいいように扱うなんて朝飯前。そのはずなのに、躊躇いが口を重くした。

たとえ嘘でも、あの人を諦めるなんて言いたくない。

逡巡していたそのとき、入り口の扉が叩かれた。

「グラン！」

切羽詰まったようなその声に、すぐさま扉を開ける。

そこには、何やら難しい表情をした主人が息を切らして立っていた。

＊　＊　＊　＊

パン屋を飛び出してきた私は、いつも町内会の集会が行われる酒場まで辿り着いた。酒場の奥、ちょっと広くて貸し切りなどに使われる個室が集会所だ。

扉を開けてくれたのはグランシオだった。長身の彼を見上げて安堵する。こちらを見下ろす琥珀の目には優しげな光が浮かんでいた。

「グラン…………あの、わたし…………」

グランシオは私の顔を見て、ふっと微笑む。

「…………俺にとって、大事なのはあんただけなんだ」

優しさと寂しさで揺れる琥珀の目に見つめられて、どくり、と鼓動が高鳴った。

「たとえ、世界中で誰が何を言っても、あんたが俺のことを好きになれなくってても、俺はあんたがいい。あんたが俺を受け入れられなくても、あんたのことで嘘なんて吐きたくない。俺は、もう二度とあんたから離れない。放せない。…………諦めたくなんて、ないんだ。だから、もしあんたが俺を選べないというなら――――」

スッと琥珀色の目から光が消えた。

「俺以外の選択肢を残さなければいい…………………!」

ぎぃぃぃぃぃいいいやあぁあぁぁぁあぁあぁあ!?

スイッチ入ってる！　入っているよぉぉぉぉぉ!!

なんなの!?　突然どーしたの!?

「グラン！　話を聞いて！」

そう叫ぶと、グランシオがぴたりと口を閉ざす。

私は深く息を吐いてから、自分の中のものをどうにか言葉にしていく。

「あの、私、ずっとグランから奪ってばっかりで…………」

たとえ、それをグランシオが望んでいるとしても、奪っていることは事実だ。

「罪悪感が、あって。だから私はグランを傍(そば)に置いた…………けど」

一緒にいたら、楽しくて。

絶対に自分を裏切らないし、拒絶することはないと理解していて。

だから、彼といて楽しいと思うことは、実はとても独りよがりなんじゃないかと、頭の片隅でいつも考えていた。

うまく説明できているのかどうか自分でもわからないけれど、グランシオは黙って聞いていてくれた。頭に浮かぶまま、心のままに言葉を紡(つむ)ぐ。

「…………また、大事なものを失くすのが怖くて…………それなら、最初から持たなければいいんだって思ってた。一人で生きていこうと、思っていたの」

どれだけ人に囲まれても、心の深い場所には入れないようにしていた。

前の世界で持っていたものは、ここへ来て失くした。

この世界でまた手に入れたと思ったものは、儚(はかな)く消えてしまった。

それは、痛くて、辛くて、悲しくて。

こんな思いをするなら、もう大事なものなんて抱え込みたくないと、そう思った。

…………思って、いたのだけれど。

たぶん私の顔は真っ赤だろう。ばくばく心臓がうるさい。

「グランが好きって言ってくれて嬉しかった。でも、怖かった。…………また失くしたらどうしようって、考えて…………」

色々な言い訳をして、自分の気持ちから逃げたのだ。

好きだと自覚してから失くしたら、二度と立ち直れないから。本当に、なんて浅ましくて愚かしく……みっともないんだろう。

とっくの昔に、好きになっていたのに。

もう手放せないのだと、理解していたくせに。

それでも恋愛感情ではないと言い聞かせて自分を騙して、自分が傷つかないようにしていた。

リュートにグランシオを返してほしいと言われて、嫌だと思った。

彼に相応しくないなんて、自分が一番わかっていたのに、他人に指摘されたら泣きたくなった。

いつの間にか、自分が魔女であることを受け入れていたのは、それがグランシオとの繋がりだったから。私が魔女だからこそ、グランシオに会えた。一緒にいられた。

潤んだ視界が歪む。恥ずかしすぎて頭がガンガンしてくる。もしかしたら、うまく息ができていないのかもしれない。

つい、魔女の力に逃げてしまいたくなる。勝手に私の本心を代弁するアレは、ある意味で抗いがたい魅力がある。

でも私は、魔女モードを使ってじゃなくて、ちゃんと自分の言葉で言いたい。自分の意思で、自分の口で、自分の言葉で伝えたい。

俯いている自分のつむじに、強い視線を感じる。

震える唇を一度噛んで、舌で舐めて、それから開く。

「…………贅沢(ぜいたく)なんて、させてあげられない」

私には、あげられるものなんて、本当に何もない。

王様みたいに好き勝手させて、贅沢(ぜいたく)に過ごさせることなんて絶対にできない。

それでも。

「わ、私が魔女だからじゃなくて！　ま、魔女で、パン屋で、臆病(おくびょう)で、小心者で、あ、あんまりいいとこないかもしれないけど、ぜ、全部ひっくるめた、私、は…………！」

はぁはぁと呼吸が荒く、手のひらにかいた汗が気持ち悪い。

でも、続ける。続けたい。

「グランに、相応(ふさわ)しくなんてないかもなんだけど…………それでも、もし、よかったら」

熱い。

視界の数字がどんどん減っていく。

変な汗かいてるし、なんか歯がうまく噛み合ってない気がする。

だけど、やめるわけにはいかない。

「…………お…………お婿(むこ)に来て、ください！」

言い切った！

いや、一番大事なのを忘れてる！

「私、グランシオが好き、です――」

ぐっと顔を上げる。

ちゃんと気持ちを込めたのだと伝わってほしくて、彼の顔を仰ぎ見た。

琥珀の目は、恐ろしいほどに真剣で――――――――綺麗だった。

「な、何か、言って………？」

無表情なまま微動だにしないグランシオに、不安になってしまう。

ああっ！　更に数字がっ………………！

「よく言ったわ！　アーヤ！」

「!?」

動かないグランシオを押しのけるようにして、サンジャが飛び出してきた。次いで、わぁっと歓声があがった。

「すごいぞ！　アーヤちゃん！」

「自分で婿に来いと言えるなんて！」

「もうアーヤちゃんには私たちのお世話なんていらなかったのね…………」

「そうか………本当にグランシオ君のことが好きなんだねぇ」

「よし！　祝い酒だ！　飲むぞ!!」

一斉に喋り始める人々に、圧倒されて何も言えなくなる。

っていうか、皆さん今まで聞いてたの？

大人しく？

一言も発さず？

いるなら声かけてよ！

………私、さっきなんて言ったっけ…………………？

自分の言動を思い返して、一気に熱が上がった。

前世と今世を通じて初の告白。

それを自ら公開してしまったという事実は、わずかに残った数字を一瞬でゼロにした。


「俺はね、ちゃんと『待て』ができる、とぉーってもいい犬なの。だからご主人の気持ちが落ち着くまで、ずっと待ってあげたよ？　たとえ一生かかっても待ってあげたと思う」

「えーと………」

「ふふ。でもご主人のおかげで、周囲の口うるさいのも黙るだろうし、結果的にはよかったかなぁ」

「あの………」

目の前に、ものすっごく上機嫌の犬がいます。

さっき目が覚めたら居間のソファの上で、グランシオの膝にのせられていました。

…………もう一度言いましょう。膝にのせられてます。

「グラン、近い近い近い近い！」

「離れる必要性を感じないいんだよねぇ」

にゃあああああ！　スリスリしないでぇぇぇぇ!!

「わ、私、ちゃんとグランの返事もらってないよっ！」

涙目で叫んだら、ぴたっとグランシオが止まった。

「ご主人………」

琥珀の目がまた真剣な色味を帯びて見下ろしてくる。

「………あんた、煽ってくるよねぇ………」

「あおっ⁉」

そんな高等技術、習得した覚えは一切ありません！

間抜け面で口を開ける私に、グランシオはなんだか困ったように溜息を吐く。

「俺はね、あんたが俺を犬扱いしてくれさえすれば、たぶんずっと下僕でよかったんだ」

………そうなの？

「でも、あんたが俺を甘やかすから」

そんな事実はありません。

「あんなの知っちゃったら、犬になんて戻れるわけないよねぇ？」

なんかものすごく誤解を招くような発言だと感じるのは気のせいですか⁉

反論する気力すら根こそぎ奪われてしまった私に、グランシオが琥珀の目を向けてくる。

それは妙に潤んで………いや、うっとり………？　色気ですか？　それ。どうやって出すの？　っていうかなんで出すの？

かちんと固まった私を見据える目が、すうっと細められる。

それは、まるで獲物をロックオンするかのようで………狙われた草食動物のような気分にさせられる。

「えらそーに命令する魔女のあんたも好きだよ。下僕としてずっとこき使われたって、ただ傍に置いてくれればそれでよかったのに、それを覆したのはあんただ。俺はもう、ご褒美として踏まれるだけじゃ足りない身体になっちゃった。いや、もちろんそれもしてもらうけど。でも俺が一番欲しいのはあんたなの。怯えながらも俺を支配して、罪悪感持ってるくせに傍に置いてくれて、ただの下僕をヒト扱いして情を与えたご主人様、あんただ。わかる？」

呼吸をするのも忘れて、グランシオを見つめることしかできない。

するりと伸びてきた大きな手が私の頬を撫でた。

「――――あんたより先に死んだりしないって、約束する」

目を見開く私に、グランシオは続ける。

優しく、だけど真摯に。

「実際のところは不可能かもね。でも、約束したい。誓いたい。一人になるのが怖いっていうあんたに、俺は俺なりの誓いを捧げる。あんたを一人になんてしない…………ずぅっと、俺が傍にいてあげるから」

潤んだ視界の中で、グランシオが綺麗に微笑むのがわかった。

「魔女でもパン屋でも、たとえそうでなくても。あんたは俺の唯一大事な人だ。…………ねぇ、もう一度言うけど、俺はあんたが好きだよ。抱きたいっていう意味で好きなの」

「…………ぐらん…………」

彼の言葉が、素直に胸に染み入る。そしてじわじわと熱のように全身に広がった。

グランシオは、前と変わらない想いを告げている。

変わったのは私の方。

ただ自分の気持ちを認めただけなのに、たとえ傷つくことになってもいいと覚悟を決めただけなのに、それだけで、こんなにも違う。

お腹の奥から、笑いたいのか泣きたいのかわからない何かが溢れてくる。間違いないのは、それが幸せに基づく何かだということだ。

うあ、涙が…………！　鼻水も出そうっ…………！

俯いて鼻をすすっていると、ふに、と柔らかいものが頬に当たる。

思わず顔を上げれば、今度は唇に。

見開く目に映るのは、蜂蜜みたいな色の目をして微笑むグランシオで。

「…………ふっ…………？　っ…………」

ちゅ、ちゅ、と啄むように何度も落ちてくるそれを、硬直した身体で受け入れることしかできない。何か言う前に唇が降ってくるから、口を開きかけては慌てて閉じて、を繰り返す。

対するグランシオは、合間に言葉を挟んでくる。「すき」「だいすき」「うれしい」。返事なんて当然できない、途中からは何を言われているのかすらわからなくなった。

軽いけれど、何度も行われた口づけは、最後にべろりと私の唇を一舐めし、ようやく終わった。

熱に浮かされたように頭がぼーっとする。グランの肩に頬を寄せて、ぐったりもたれかかる。

「嫌じゃなかった…………？」

ぼんやりする頭にかけられた問いに、ぼんやりしたまま「うん………」と頷く。

そんな私の頭上で、「嬉しい！」と弾んだ声がした。

………うん？

ようやく回り始めた頭が先ほどの出来事を羞恥に変換する前に、きらっきらな笑顔が覗き込んできた。

「俺もすっごい気持ちよかった!!　じゃ、お預け解除でいいよね！」

……………ん？

「はぁ……俺ってば本当にすっごい偉くて忍耐強い犬だよねぇ。いや本当に俺って偉い。何度襲いそうになったことか………俺、頑張った。頑張った俺には当然ご褒美があるべき！」

……………ん？

「ご褒美ぜぇーんぶ、もらっちゃっていいんだよね？」

にぃっと口角が上がり、琥珀の目が細められた。

公開告白という新たな黒歴史を刻みました、パン屋の魔女です。

もういいんです。開き直ればいいんですよ。そうですよね？

………そうでもしないとお外を歩けない～～～～～～！

あの後、まぁ、その、色々ありまして、私たちの結婚は、ほぼ確定となりました。

……ええ、正直に申し上げますと、ぺろりと食べられたんですよ！　翌日、動けませんでしたね！　お店も休みにしちゃったし！

「イヤだったら魔女の力使って止めていいからね？」と言いながら、その、ゆっくり色々されたけど、結局私が力を揮うことなんてなくて。

……それはそれで、イヤじゃないと全身で訴えてるみたいだったのではと、後になって身悶えしたり……………

翌々日に店を開けば、来る人来る人、すべてを察したような目で見てくるし。『式はいつにする!?』と聞いてくる近所のおばさま方の気合の入りようと言ったらもう………居た堪れないっ………………！　このまま結婚まで一直線な気がしてきた。

……………いえ、別にいいんですけど…………

それより私が動けるようになったとき、既にリュートの姿はなかった。

レイリアの話では、ジニアギールでやるべき仕事を部下に押し付けてきたので、元々戻るつもりだったそうだ。

でもタダで帰ったわけではない。『淑女の洗練された作法』とか、『帝王の妃に必要なものとは』とかいう、パン屋にまったく関係ない題名の本を置き土産にされた。

………嫌がらせだろうか。

見なかったことにして、そっと物置に片付けた。

サンジャとヤミンは一緒に店に来ては、話に花を咲かせている。主に、私がどのように告白したかについて。

やぁぁぁぁめぇぇぇぇぇてぇぇえええええ！

近所の子供たちが話を聞いていて、囃し立ててくるんですけど！　おばさんたちの笑顔も辛い!!

こうして、今日も順調に数字が減っていくのだ………


お客さんとの世間話の中で、魔獣退治に出ている騎士団の方々がもうじき戻ると耳にした。戻ったら、またカツサンドの注文が入るだろうか。

レイヴェン殿下とその護衛騎士さんは、時折甘いパンを大量注文してくる。そんなに甘党だったのか。それとも疲れているのかな。

気づけばベイラーパン屋には、幼馴染や近所のおじさんおばさんだけでなく、騎士団の人たちや、お貴族様まで来てくれるようになっていた。

いつの間にか大事な物をたくさん抱え込んでしまっていたのに、私はずっと知らないふりをしていた。

だけど、今はもう認めている。きっといつか、また失くしたときには、泣き叫ぶだろうけれど…………

「ご主人？」

どうかした？　とばかりに首を傾げるグランシオ。一部分だけ編み込まれた赤茶色の髪がさらりと揺れる。

傍にいてくれるだけで、ぎゅっと胸が締め付けられる。

前世でもいなかったほど、大事だと思える人。

もしも失くしたら、と思うだけで痛みに震えそうになる。

それでも、今、一緒にいたいと思える人。

私はちょっと考えてから、ちょいちょいとグランシオを手招きした。彼は不思議そうな表情で背を丸める。その耳だけに届くよう、背伸びして言った。

「あのね、私の本当の名前、彩奈っていうんだよ」

琥珀色の瞳が大きく見開かれる。

最初に会ったとき、ちゃんと発音できなかったから、きちんと伝わらなかった私の名前。今は誰も呼ぶことのない、元の世界の名残。大切な私の一部。

この世界でたった一人、グランシオに呼んでほしい。

呆けたように私の言葉を聞いていたグランシオの顔が、みるみるうちに赤くなる。物珍しさにじっと見つめていると、手で口元を覆って顔を背けてしまった。

思いがけないグランシオの反応に、なんだか楽しくなって笑いがこみ上げてくる。

きっと私たち、まだまだ知らないことがたくさんあるよね。

でも、そんなの当たり前。

たくさん会話して、少しずつ知っていけばいい。お互いを知るのに、一生かかるかもしれない。

でも、それでいいんだ。

「これからもよろしくね、グラン」

幸せな気持ちでそう告げた私に、瞬きをするグランシオ。居住まいを正した彼の唇が、ゆっくりと弧を描いていって――

「もちろん、すべてはご主人様の望みのままに…………いや、たとえ望まずとも、この身も心も魂も、永遠にあなた一人に捧げたもの。いらないと言われても押し付けるし、イヤだと言われても傍にいる…………！　ずうっとべったりくっついて離れないから、未来永劫よろしくしてね、俺のご主人様‼」

ひくっと口元が引きつった。

…………私の言葉に対して、グランシオの返事が重すぎるような気が…………

いや、でも、彼は魔女である私のすべてをひっくるめて好きだって言ってくれるんだから、私も彼の駄犬な部分とかもちゃんと理解するべきなのかも…………？

とても上機嫌なグランシオの横で、私は真剣に頭を悩ませるのだった。

番外編　黒歴史を払拭したい

犬にとってめちゃくちゃ可愛い主人は、パンを焼いているときが一番楽しそう。

使い古された竈に火を入れ、主人の邪魔にならないように手伝いをして、主人が手ずから作ったパンを竈に入れる。

パンが焼き上がるまでの時間は、ちょっとした休憩時間。

いつもありがとう、と微笑みながら主人がお茶を淹れてくれ、犬はその隣で差し出されたカップを受け取る。

パンを焼くのは早朝。だからとても静かで、まるで世界に主人と犬の二人きりのようにも感じられる。

それは犬にとって、何物にも代えがたいとても幸せで特別な時間なのだ。

＊　＊　＊　＊

私は割り当てられた小さな屋台で、目をぱちぱちさせた。

「ふふふ………魔女様、おはようございます」

目の前にいるのはリュート。そしてその後ろには、彼と同じ年頃の男女が数名いて、私をじっと見ている。

数日前に姿を現した彼らは、グランシオを囲んで何やら騒ぎ立てていた。

リュートを含めて男性が五名、女性が四名。

ほぼ無理矢理聞かされた話（どれほどグランシオと一緒にいたのか、どれほどグランシオが素晴らしいのかという話）から判断するに、彼らは組織の幹部と目されていたようだ。

その中で基本的に私に突っかかってくるのは、小姑属性のリュートだけだ。

どうやら彼らの中で取り決めがあるらしく、物言いたげな視線はすごく感じるけれど、直接何かを言ってくる人はいない。………………リュート以外は。

当のグランシオはうんざりしつつも、行きすぎた場合は教育的指導をしている。

力ずくで意識を失わせることを、教育的指導とは言わないかもしれないけれど………

お願いだから血なまぐさいのはやめてほしいと懇願した。そのおかげか、斬りつけたりはしていない。

「なんでここに？」

時刻は早朝。辺りには食祭に参加する店の関係者しかいない。要は準備中だ。

それなのに、リュートたちがここにいる。

「…………何しているんだ、お前ら」

ものすっごく呆れたような声がして、振り向けば荷物を抱えるグランシオがいた。

「グ――――」

「グランシオ様ぁあああああ！」

私の声に被せるようにして、リュートたちジニアギール組が叫んだ。耳が痛い。

「おはようございます！」

「グランシオ様、お荷物お持ちします！」

「どうぞこちらにおかけください！　店長様から命じられたお仕事は自分が…………うぐぅっ!!」

ドゴッという音、そしてうめき声とともに一人が崩れ落ちた。

グランシオの片足が彼を蹴った形のまま、宙で静止している。

そしてグランシオは両手で荷物を抱えたまま、非常に不愉快そうに眉を顰めた。

「…………俺がご主人から直々に賜った仕事を、取り上げる、だと…………？」

ヒッと誰かが息を吸い込むような短い悲鳴をあげた。

「随分と偉くなったもんだなぁ…………あぁ？」

ちょっとグランさんの口調がチンピラそのものになっていますけど!?

今のって、そんなに怒ることじゃないよね！

思わずグランシオの服の裾を引っ張ると、彼がぴたりと動きを止める。そして私の顔をじっと見つめてから、はぁーっと溜息を吐いた。

「ご主人が望まないならヤらないよぉ。開店準備するんでしょ？　あいつらは放っておこうねー」

いつもの調子に戻ってくれた。そのことに安堵(あんど)して口元が緩(ゆる)む私を、グランシオも優しげに見つめ返してくれる。

「何を見つめ合っているんですかっ！」

リュートの叫び声で、ハッと我に返る。頬(ほお)に熱が集まった。

は、恥ずかしい…………！　そうだ、準備しないといけないんだった。

慌ててパンを並べる台を組み立てようとしたら、横からグランシオの大きな手が伸びてきた。そのままグランシオに任せることにして、組み立てに必要な部品を手渡していく。

「これでいいかな。ご主人」

「うん。じゃあこれ、パンの下に敷く布」

「ん」

グランシオの手際のよさは相変わらずで、店長としては鼻が高い。器用に動く手先やしなやかな腕の筋肉に思わず見とれてしまう。一つ一つの動作に無駄がないというか、綺麗というか…………

「じゃあ時間になったらパンを運んできて並べるとして――」

グランシオがそこで言葉を止めた。さらりと赤茶色の髪が揺れ、琥珀(こはく)の目が鋭さを増す。

「邪魔になりそうなモノは、先に排除しておくかなぁ…………？」

作業が終わるまで静かにしていたジニアギール組が、ビクッと身体を震わせた。

「グランシオ様！　責めはこのリュート一人が負います！」

リュートが前に出てきた。

仲間を庇うかのような発言だけれど、目が嬉しそうに輝いている。お仕置きを独り占めしたい！

とその目が訴えてますよ。

けれどグランシオは無言でくるりと背を向けた。

「ご主人ー、忙しくなったら手が離せなくなるだろうから、今のうちに飲み物とか用意してくるねー」

「お願いしてもいい？」

「任せてー」

明るく返事をしながら片手を振って歩き去る。リュートたちの脇を通る際に何かを告げたようで、言われた方はこくこくと頷いていた。

グランシオの背中を見つめながら、ほぉっと感嘆の溜息を吐くその姿は…………なんというか、そっと目を逸らしたくなるものがある。

「魔女様」

「…………はい」

リュートがすぐ傍にやってきた。無視するのもどうかと思ったので、手を止めて見上げる。

彼はちょっと神経質そうな表情で屋台を見やると、大きな溜息を吐いた。

くっ…………来るっ！

私は咄嗟に身構えた。またお小言を言われると覚悟していたのだけれど——

「お掃除………お手伝いしましょうか？　仮にも食品を扱うお店なのですから、せめて新しい屋台を用意なされればよろしかったのに………………」

リュートの濃紺色の目が、屋台に刻まれた模様を見やる。

それは、この屋台が食祭の実行委員会から貸し出されているという証だ。

お金のある店や、よく屋台を出す店ならば、自前のものを持っている。だが、私のように持っていない人や、遠くから行商に来る人のために、貸出専用の屋台が用意されているのだ。

申請して許可が下りれば格安で借りられる。当然、使い回されたものではあるのだけれど、一応前日にお掃除したし、今だって濡れ布巾で拭いていたところだ。

「……食祭に出店するのは初めてで、来年以降はどうするかわからないから………無駄な出費は抑えないと、グランに美味しいものを食べさせられないでしょう？」

内心の慄きをどうにか押し殺し、パン屋で培った営業スマイルを顔面に貼り付けて言った。

ま、負けるもんか！　もう前の私とは違うんだ！

私の言葉を聞いて、リュートはちょっと片眉を上げた。

「まぁいいでしょう。ところで、魔女様の店が食祭に出ると耳にしたので、私たちも出店しようかと思いまして」

「は？」

見ればリュートの後方で、ジニアギール組が何やら荷物を運んでいた。

リュートはにやりと笑う。

「まさかグランシオ様が主と敬う方が、我々のような素人に後れをとることなどないとは思いますが…………」

「はぁ…………」

いつの間に食祭への出店を申し込んだの？　あれって大分前に締め切っていたような気がするんだけど――

疑問は尽きないが、リュートは口に手を当ててクスクス笑う。

「万が一、こちらに後れをとった場合、グランシオ様のお世話は我々に任せていただきます！　そしてあなたには、相応の教育を受けていただく!!」

「へぁ？」

「本職でもない我々に後れをとるようなパン屋では大した売り上げは見込めず、売り上げが少なければグランシオ様に不自由を強いることになるではありませんか！」

「え？　あの…………」

「それではご健闘をお祈りします」

ツッコミどころはたくさんあったけれど、リュートの勢いに呑まれてしまった…………

相応の教育って？　もしや小姑としていびるための口実か。

まぁいいや、負けたときは負けたときだ。そんなことに気をとられていてはいけない。

――私には、大きな目的があるのだ。

ぐっと濡れ布巾を握りしめる。

今まで一度も出店してこなかった食祭。我がベイラーパン屋が満を持して出すのは、クリームパンである。

卵黄に砂糖と温めた牛乳を少しずつ加え、一定の火加減で焦がさないように混ぜる。火から下ろしてバターを加えて馴染ませ、綺麗なクリーム色になったら完成。

バニラエッセンスがないので、匂いは前の世界のものとは違うし、ちょっと重たい感じだけど、試行錯誤を重ねて口溶けのよろしいクリームを開発した。

それをふわふわのパン生地で包み、卵黄を塗って竈で焼いたのである。

試食したみんなを驚かせた一品だ。

新作パンを出せば、きっと注目を集めてしまう。そんなことはわかっている。もちろん、私は以前と変わらず平穏を好んでいるけれども、もう魔女だとバレてしまった上、その前から色々と黒歴史を作り出してきた身…………ちょっとばかりお外を歩くのが嫌になった時期もあるけど、そんな時期を過ごしているうちに、ふと思いついたのだ。

今こそ、甘い菓子パンを売り出す好機なのではないかと！

魔女のパン屋ということで注目度は十分だ。むしろ魔女だからということで、ちょっと変わったパンを出しても人々の抵抗は少ないのではないかと思っている。

けれど、一番の理由は――

「これで、あの告白劇を忘れさせるっ…………！」

未だに囃し立ててくる近所のお子様たち、そして噂好きのおばさまたちに、新たな話題を提供する。そしてアレを過去のものにするのだ…………!

そのためには、何がなんでも成功させてみせるっ…………!

気合を入れ直して、掃除に取りかかった。


フュレインの食祭は、他国の人間も集まるほど人気のある祭りだ。

特にメインともいうべきコンテストには、毎年贅(ぜい)と工夫を凝(こ)らした料理が出てくるのだ。

そのコンテストに出場するためには、実績の証明やら貴族からの推薦やら、他にも色々な手続きが必要らしい。

「何故コンテストに出場しなかったのですか!」

「だから、うちパン屋ですから。コンテストに出られるのは食堂の人とかです。――はい、お釣りです。ありがとうございます!」

なんだかリュートが怒鳴り込んできたけれど、そんな格式高いコンテストに庶民向けのパン屋が出るわけないのになぁ。

「カディス、裏に行って在庫とってこい」

「かしこまりました」

グランシオに言われてカディスが裏へ回る。

ちなみにベイラーパン屋の店舗の方では、レイリアが店番をしてくれていた。

レイリアも屋台で売り子をしたいと言ってくれたのだけれど、最近歌姫として注目を集めているレイリアが食祭に現れれば騒ぎになるだろうと思い、遠慮してもらったのだ。

今はお昼を過ぎたところなのだけど、朝に開店して最初にクリームパンを買ってくれたのは、小さな子供だった。

親から『せっかく祭りに来たのにパンなんて…………』と渋られつつも買ってもらったその子は、かぶりつくなり『美味(おい)しい！』と騒いでくれた。

それを見て他のお客さんも買ってくれるようになり、皆かぶりついては驚いた表情を見せてくれている。

そんなわけでクリームパンの屋台は、なかなかの人気ぶりである。

そうして先ほど、コンテストで二位を勝ち取ったらしいリュートたちがやってきた。ベイラーパン屋が参加していなかったことに文句を言っていたけれど、私はコンテストに出るなんて一度も言っていません。

「カディスが食祭に出ると手紙に書いていたから…………！　色々な手を使って参加資格のある店を買い取ったのに…………！」

なんか非常にお金のかかるやり方をしたらしい…………。

そこへカディスが、裏からパンの入った木箱を持って戻ってくる。

「確かに食祭に出店するとは書いたが、コンテストに出るとは書いていない。勝手に勘違いしたのはお前だ。…………どうせ思い込みだけで動いたのだろう。リュートはグランシオ様が関わると、どうにも視野が狭くなりすぎる。悪い癖(くせ)だ」

「っ…………！」

カディスの指摘に、リュートは苦虫を噛み潰したような顔をした。それは他のジニアギール組も同じだ。

暴走するリュートに対して、仲間内から非難の声があがらないのは、みんながみんな、そんな感じだからとか？

…………ある意味、微笑ましいというか…………

グランって愛されているんだなぁ…………

ちらりとグランシオを見上げれば、我関せずという感じで無視している。

その鋼（はがね）の精神が羨（うらや）ましい。

「ではこちらも屋台を出します！」

「いや、今更申請したって、許可下りないと思うけど…………」

「そんなことを言わずに勝負しなさい！」

食い下がってくるリュート。

正直言って面倒くさい。そう思っていたそのとき。

「魔女殿の屋台で騒ぎを起こすな！」

突然、第二騎士団の方たちが、どこからかわらわらと湧いて出た。

あれ？　騎士服じゃない。私服警備ですか？

そういうのもあるの？　スリ対策とかかな？

「なんですか、あなた方は？　私は今、グランシオ様のお傍にいるのを許されるかどうかの瀬戸際なのです！　我々の真剣勝負を邪魔しないでください！」

「魔女殿の憂いは我らの憂い！　我ら見守り隊の面前で、魔女殿への狼藉は許さん！」

み、見守り隊？

なんだかよくわからないうちに言い争いが発生してしまった。

どうしようかとおろおろしていたら、駄犬が殺気立ってきたのを感じてますます焦る。

クリームパン屋台の周囲は混沌とし、祭りに来た人たちが言い争う二組を遠巻きに見ていた。屋台の周りに大きな輪を作るようにして。

「ごめんね、ご主人。俺、ちょっとヤってこようか？」

「…………ヤメテクダサイ」

駄犬が申し訳なさそうに提案してきたが、即座に却下する。

以前だったら、何も言わずにちょっとヤバめな笑みを浮かべて斬りかかっていただろう。そのことを考えれば、駄犬も少しは成長している。うん。たぶん。

まぁ、正直に言うと、この場が収まらなくても問題はない。とりあえず今日用意した分のパンは、ほとんどなくなってしまっているのだ。

残りはさっきカディスが持ってきてくれた分だけで、それも十個しかない。この騒ぎが収まってからでも売り切ることはできる。

何より、私の目的である『クリームパンの話題沸騰による〝アーヤ愛の告白事件〟の記憶抹消』

には、十二分な効果を見込めるはず。

きっと明日からはクリームパンの噂がフュレインの王都に広まり、もしかしたらベイラーパン屋にもお客さんが集うかもしれない。

目的を達成できた今、この騒ぎにわざわざ首を突っ込むのもどうかと思う。

リュートたちの相手をしているのは騎士団の人たちだ。放っておけばジニアギール組は詰め所行き…………なんかその方が色々と捗る気がしてきた。

放っておこう、と口を開きかけたとき、屋台の向こうから小さな手がにゅっと出てきた。

「ぱん、ひとつください」

見れば、小さな女の子と男の子が手を繋いで立っていた。

目の前の喧噪など関係ないとばかりのその態度に、思わずくすりと笑ってしまう。

「はい。今用意しますからね。少々お待ちください」

そう言って、くるりと後ろを向いたとき――――

「ご主人っ！」

そのグランの声とともに、横から衝撃を受ける。

ガシャン‼

クリームパン屋台が無残に倒壊した。

「…………くぅっ！　貴様！　騎士に暴行を働くとは！」

「ケッ！　てめえらごときにやられるわけねぇだろ‼」

「やめなさい、ガイアス！　アイシャも！　暴力沙汰は起こさない約束ですよ！」

「うるせえ！　こんな奴らにコケにされて黙っていられるか!!」

「そうよ！」

「抵抗する者は捕縛しろ！」

背後で怒号が飛び交う。しかし私はそれどころではない。

「大丈夫？　ご主人……ごめん、やっぱりあいつら、俺がさっさと締めておくべきだった……」

グランシオの声が遠くに聞こえる。

目の前でぐちゃぐちゃになっているのは、先ほどまでパンだったものの残骸。

騎士団とリュートの仲間たちが屋台に雪崩れ込んできて、無残に踏み潰されたのだ。

グランシオが庇ってくれたから、私と子供たちは無事だったけれど…………

彼らのすぐ近くで、幼い子供が泣きそうな表情をしているのに。

頭に血が上っているのか、気づかずに戦っている。

『…………こ、の…………』

お腹の底から苛立ちがこみ上げて、身体中がわなわなした。

『愚か者どもがぁあぁぁぁぁぁぁぁぁぁぁぁぁ!!』

――どうやら私は、ブチギレというものをしたようです。

よくわかりませんが、女王様が降臨なさったようで。騒いでいた連中に正座という名の拷問を科し、犬にしたり馬にしたり椅子にしたりしつつ、それぞれの黒歴史を白状させるという罰をお与えになったとか。

ええ。怒りに身を任せすぎて、よく覚えていないのです。

「このおろかものめー、そこになおれー！」

「ははーっ。もうしわけありません魔女さま」

「ふん。このわたしのきげんをそこねたのだ。きょうはおまえが馬になるがよい！」

「ははー、ありがたきしあわせー」

「よしよし、さぁはしれ！　ほうびにあとで踏んでやらないでもないぞ」

あのときパンを食べ損ねた子供たちには、後日ベイラーパン屋でパンを振る舞った。

美味しそうに食べてくれて、本当に嬉しかったから、別にいいんだ。

翌日から近所で魔女ごっこ始めたのなんか、全然気にしないもん…………

私の告白事件の騒ぎは下火になったけど、見知らぬ人からは畏怖の目で、近所のおばさんたちからは生温かい目で見られるようになったことなんて……………………

「やっぱり嫌だぁぁぁぁぁ――――――――!!」

テーブルに突っ伏す私に、グランシオがお茶を淹れてくれた。

「ご主人。あれは仕方がないからね。元気出して？」

珍しく穏やかなグランシオ。

あんな光景見たら、『他の奴なんて踏まないで！』とか言って騒ぎそうなものなのに………

あの場に降臨した女王様は、ジニアギール組を散々いたぶってボロボロにした挙句、こう言い渡した。

「『お前たちに簡単な仕事をくれてやる。――――ジニアギールを平定しておいで。平和的に。武力を行使せずに。民を傷つけずに。だって暇なのだろう？　それくらいはできるだろう？　私を、楽しませてくれるだろう？』」

――――やり遂げれば、今回の無礼を許してやる、と付け加えて。

最初、この世界に発生したばかりの頃。人が住む場所を見つけて中に入ったけれど、誰からも手を差し伸べられることなく、捕らえられて売られることになった。

人身売買などをしていたあの組織は、グランシオたちが壊滅させたというけれど、私を攫って売り飛ばしたのは、あそこに住まう普通の人たちだった。それが当然とされる場所だった。

ジニアギールは寒い時期が長く、あまり豊かではないから、人々は少ない食料や燃料を奪い合い、あちこちで常に諍いが絶えない土地なのだとか。

貧しさは人々の心を蝕む。生きるために仕方がないと悪事を働き、心が麻痺していく。

だからこれは、ただの自己満足だ。偽善だ。

あそこがそういう土地だったからこそ、グランシオが今私の傍にいてくれるのだと理解しているけれど、それとこれとは話が違う。そう勝手に思うことにする。

平定するなんて考えたこともないけれど、魔女モードの私が口にしたということは、ずっと私の心に引っかかっていたのだろう。…………たぶん。

グランシオをして、『ある意味で有能だ』と言わしめるリュートたちならば、あの大陸を平定できる。それどころか、もっとずっとよくなるんじゃないかな、と頭のどこかで思っていたのかもしれない。他力本願で、なんとも嫌な考えだ。

でも、まぁ、隷属の力の効果なんて、そう長くは続かないから…………リュートたちだって、正気に戻ったら知らん顔してまたパン屋に来るよね。

そんなことをつらつら考えていた私の前で、グランシオは楽しそうに笑った。

「ふふっ。ご主人の命令ってホントに素敵だよねぇ」

…………命令が、素敵…………？

それはあれですか、ドM製造機で製造されたドMのみが抱く感覚ですか？

「あのね、あいつらは売られたり捨てられたりしたヤツらなの」

「…………うん」

それは前にも聞いたことがある。

みんな、そういう可哀想な子供で、売り物になったり使い捨てになったりする運命だったと。

「多かれ少なかれ、あそこを嫌ってんの」

私は頷く。そういう境遇だった彼らが、自分たちが生まれた土地を好きになれないのは当然だと思うから。

「だから、どんなに力をつけたって、あの土地をよくしてやりたいなんて思わないわけ。俺に命令でもされれば別かもしれないけど、俺はそんなこと言わないし。キョーミないからね。国を混乱させたりするのは楽しんでやっていたけど、国をよくするために手を貸せって言われても、ぜーんぶ断っていたし」

そう説明しながら、グランシオが私の頭を撫でる。その手がゆっくりと下りていって、私の頬(ほお)に添えられた。

「どうせご主人は、あいつらへのこの罰も、魔女の〝命令〟の効力が切れるまでだと思っているんでしょう？　…………でもね、効力が切れたって、あいつらはものすごく不本意だと口では言いながらも、言われた通りに仕事すると思うよ？」

「…………………………はぇ？」

思わず見上げたそこには、ひどく冷たく笑う犬。

「俺が敬愛する主人の命令を、あいつらが放り出せるわけがない。何年、何十年…………それこそ一生かかっても、次代に持ち越そうとも、絶対にやり遂げるだろうね」

ひぃっ!?

真っ青になった私に、グランシオはとどめを刺してくる。

「さぁっすが俺のご主人！　相手の最も嫌がることを生涯にわたってやらせるなんて！　これでもうあいつらも、こっちに来る暇ないね。むしろ、休む暇とかあるのかな？　過労死しなければいいね!!」

…………視界の数字がゴリッと減ったのは言うまでもない。

＊　＊　＊　＊

主人に告げたことに偽りはない。いい犬は主人に嘘など吐かない。ただ、告げなかったことがあるだけだ。

あいつらは、確かにあの土地を嫌っていた。

自分たちを虐げたあの土地が、今更よくなったとしても遅い。何もかも遅いのだ。心身に負った傷も、失った大事なものも、決して元には戻らない。

仄暗い感情が、その事実を許さない。自分たちには与えられなかった平穏を、何故今になって他の奴らに与えなければならないのか。そんなの許せるはずがない。

虐げられたのは自分だけではないから、余計にその思いは膨れ上がる。仲間が受けた仕打ち。痛み。この傷が癒えることなどないのだ。許せないという思いで互いを縛り合い、深くて昏いモノを身の内に抱え込み続ける。

だけど、魔女の力で命じられたという言い訳があれば、あいつらは動ける。

自分が、そして仲間たち全員が納得できる言い訳があれば、奴らは尽力するだろう。

あの国に、土地に、穏やかな日々が来るように。誰かが飢え、売られ、虐げられることのないように。魔女の望み通りの平穏が、あの場所に訪れるまで。

後悔して涙目になり、うんうん唸って悩む、可愛い主人。これくらいの意地悪は許されるだろう。

こちらは目の前で繰り広げられる光景を、指をくわえて見るしかなかったんだから。

本当に、お預けなんてひどい。

あんな奴らなんかを罵って、恍惚とさせるだなんて…………

まぁ、一緒になって『自分の人生で最もやらかした恥ずかしい出来事』を白状させられるのは嫌だから、今回は別にいいか。あのお仕置きは主人と二人きりのときならいいが、衆人環視の状況では遠慮したい。

騎士団の飼い犬志願者どもは、主人から『ストーカー行為はやめろ、不愉快だ』と言われていた。あれ以降、ご主人に付きまとえず悶々としていることだろう。いい気味だ。

さて、さしあたっては、罪悪感に苛まれる主人を慰めてみようかな。

食祭の後、フュレインの魔女は恐ろしいという噂が広まっている。近所の連中が馬鹿な噂だと笑い飛ばしていた。

本当に、馬鹿な噂だ。いったい誰が流したのか。

おかげでパン屋に人が押しかけることもなく、以前と変わらぬ平穏な時間が流れている。

これでまた、主人を独り占めできるから。

犬はくつくつとひっそり笑う。

自分を忠犬だと言い切る犬は、優しげな表情で主人の傍に侍る。

そうして、今日も特別で幸せな時間を享受するのだ。

世界で二人きりのような、この時間を。

この作品に対する皆様のご意見・ご感想をお待ちしております。

おハガキ・お手紙は以下の宛先にお送りください。

【宛先】

〒150-6005 東京都渋谷区恵比寿4-20-3 恵比寿ガーデンプレイスタワー 5F
（株）アルファポリス　書籍感想係

メールフォームでのご意見・ご感想は右のＱＲコードから、
あるいは以下のワードで検索をかけてください。

ご感想はこちらから

アルファポリス　書籍の感想

本書は「小説家になろう」（https://syosetu.com/）に掲載されていた作品を、
改稿のうえ書籍化したものです。

魔女（まじょ）はパン屋（や）になりました。

月丘マルリ（つきおか まるり）

2019年 6月 5日初版発行

編集ー及川あゆみ・宮田可南子
編集長ー塙綾子
発行者ー梶本雄介
発行所ー株式会社アルファポリス
〒150-6005 東京都渋谷区恵比寿4-20-3 恵比寿ガーデンプレイスタワー5F
TEL 03-6277-1601（営業） 03-6277-1602（編集）
URL http://www.alphapolis.co.jp/
発売元ー株式会社星雲社
〒112-0005 東京都文京区水道1-3-30
TEL 03-3868-3275
装丁・本文イラストー六原ミツヂ
装丁デザインーansyyqdesign
印刷ー図書印刷株式会社

価格はカバーに表示されてあります。

落丁乱丁の場合はアルファポリスまでご連絡ください。

送料は小社負担でお取り替えします。


ISBN978-4-434-26050-6 C0093